Artur Landsberger

Liebe und Bananen

I0651784

Verone

Artur Landsberger

Liebe und Bananen

1st Edition | ISBN: 978-9-92500-139-2

Place of Publication: Nikosia, Cyprus

Erscheinungsjahr: 2016

TP Verone Publishing House Ltd.

Reproduktion des Originals in Großdruckschrift.

LIEBE UND BANANEN

Eine wilde Sache

von

ARTUR LANDSBERGER

Anregung: Richard Rillo und Fritz Hirsch.
Manuskript: ARTUR LANDSBERGER.

PERSONEN:

Paul G. Olem, *Plantagenbesitzer auf Sumatra.*
Pola Djojo, *seine Tochter.*
Dieferle, *sein Sekretär.*
Albert Stein-Brück, *ein reicher Amerikaner.*
Komtess Olga v. Tschochenska, *eine russische Schönheit.*
Max Sülstorff, *Bananen-Importeur.*
Harry Liefke, *sein Sohn.*
Curt Dubois, *ein russischer Refugié.*
Alfred Habel, *ein amerikanischer Rekordflieger.*
Max Pika, *Obsthändler.*
Frida Pika, verw. Jeff, geb. Richard, *seine Frau.*
Pina Jeff, *deren Tochter aus erster Ehe.*
Max Garis, i. F. Garis Sons, *Modeatelier.*
Falk von Stein, *Polizeiassessor.*
Diensfeld, *Harrys Diener.*
Jan Ning-Holl, *Weltdetektiv.*
S. Rachitis, *Filmmanager.*
Erich Schönthaler, *Filmregisseur.*

INHALT:

Die Vorbereitung.

I.

Filmschauspieler, die gewöhnt sind, den größten Teil des Jahres als geistige Phänomene, Fürsten, Prinzen, amerikanische Milliardäre, Paganinis, Cowboys, Dubarrys und Lieblingsfrauen von Maharadschas zu leben, empfinden den Rest des Tages, den sie als gewöhnliche Sterbliche in einer Theaterloge, in einem fashionablen Restaurant oder auf dem Sechstagerennen verbringen müssen, beinahe als eine Erniedrigung.

Sie lieben es daher, auch außerhalb des Ateliers Theater zu spielen, was ihnen die Gunst und Neugier des Publikums wesentlich erleichtert. Vom Nebentisch zuschauen zu dürfen, wie ein Filmstar mit seinen beseelten Händen Krebse isst oder eine Diva mit ihrem dämonischen Lächeln den Sektkelch an die vielgeküssten Lippen führt – das sind für den künstlerisch eingestellten Menschen von heute Augenblicke, in denen er fühlt, dass das Leben trotz aller Misslichkeiten doch noch wert ist, gelebt zu werden.

Es muss daher nicht unbedingt das Produkt der entfesselten Fantasie eines berüchtigten Schriftstellers sein, was auf den folgenden Seiten hier erzählt wird. Möglich, dass es gar nicht erfunden, sondern wahr ist. Vielleicht, dass den Vorgängen, die sich abrollen wie ein Filmband, ein wahres Erlebnis zugrunde liegt, das ein zu Übertreibungen neigender Autor ins Groteske verzerrt. Sicher ist: Die Vorgänge *könnten* wahr sein. Darauf allein kommt es an, und allein aus diesem Grunde erhebe ich Anspruch darauf, dass sie mir geglaubt werden.

II.

Es lebte lange nach Kaiser Karl einmal ein großer Dichter Dr. h. c. Johann Wolfgang Gerhart, das Haupt einer schlesischen Familie, der dem deutschen Volke unvergängliche Dichtungen geschenkt, im Alter aber der Metaphysik und dem Snobismus verfallen war. Metaphysik und Snobismus vertragen sich schlecht miteinander. Also geschah es, dass der große Dichter im Klub der deutschen Filmindustrie am 28. August, dem Geburtstage Goethes – was seine metaphysischen und snobistischen Gründe hatte – einen Vortrag über den deutschen Film zu halten gedachte. Goethe hätte das vielleicht auch getan. – Was war näher liegend, als dass man ihm zu Ehren eins seiner eigenen Werke verfilmte? Das scheiterte an dem hohen Preise, den der Dichter für das Verfilmungsrecht forderte. Also musste man etwas Neues schaffen.

»Wenn schon!«, sagte, der deutschamerikanische Impresario S. Rachitis, der überall, wo er etwas zu verdienen schnupperte, seine schmutzigen Hände im Spiel hatte. Er trommelte, indem er Berge versprach, ein Dutzend der prominentesten Schauspieler in einem teuren Weinlokale am Zoo zusammen und erklärte:

»Der Gerhart ist ein Dichter, der sich hat den Kopf serbrochen für euch Dutzende von Malen, damit ihr habt gute Rollen. Serbrecht ihr euch den Kopf für ihn einmal. Ich sahle alles.«

Und da Künstler Kinder sind, so saßen sie da und zerbrachen sich den Kopf, während S. Rachitis sich entfernte und zu zahlen vergaß.

»Gerhart ist Metaphysiker,« erklärte Albert Stein-Brück. »Was also liegt näher, als dass wir ihm zu Ehren ein Stück von Aristophanes verfilmen.«

Den Zusammenhang verstand – obschon manch einer wusste, wer Aristophanes war – niemand. Aber den Mut, das zu bekennen, fand nur die schwarze Pola, genannt Djojo, die mit viel Temperament Aristophanes für überlebt erklärte und sich leidenschaftlich für Hanns Heinz Ewers und die Verfilmung der Alraune einsetzte.

»Der Dyonisier und der Satanist!«, widersprach Paul G. Olem. »Welche Blasphemie!«

Der Regisseur suchte zu vermitteln.

»Vielleicht führt ein Steg vom Himmel in die Hölle«, sagte er und dachte dabei an seinen großen Lehrmeister

Reinhart Max, der diesen Steg wiederum von den Japanern übernommen hatte und dafür als Reformator der deutschen Bühne gefeiert wurde – während die Japaner ihrerseits von Reinhart Max die Bühne beherrschen lernten und begeistert riefen: »Die Eselsbrücke ist überwunden! Wir brauchen den Steg nicht mehr!«

»Die Nichte,« also genannt, weil sie mit einem nahmhaften (russische Orthografie) Dichter im sechsten Grade verwandt war, Olga von Tschochenska, plädierte für ein Sujet, das zur Hälfte mondän – sie zeigte den schönen Kopf – zur anderen Hälfte – sie zeigte die noch schöneren Beine – nur die Hälfte davon war. Zwischenstufe, aber ohne seelische Konflikte – möglichst Profil und Boudoir. Betreffs der Reklame verwies sie auf ihren Pressechef.

Curt Dubois, der Epikuräer, rieb sich die Hände, schob den Kopf ein wenig vor, lächelte und sagte:

»Ich – meinerseits – wie ich deutsche Dichter kenne – der Dyonisier hungrig – möchte essen. Geben wir dem Dyonisier ein Souper.« – Er schob sich das Taschentuch unter die Schulter und sagte:

»Vorspeise Tschochenska – Schilddivakrötensuppe – Pot de China mit jungen Pinajeffs – Polabombe mit Putti Fours.«

»Hören Sie auf! Entsetzlich!«, rief der Regisseur. »Schänden Sie mit Ihrem Blödsinn nicht die Majestät des Geistes! Es handelt sich nicht um einen Bierulk! Es gilt, einen Film zu schaffen! Ich bitte Sie, meine Damen und Herren, gehen Sie in sich. Jeder soll sagen, was er sich in seiner Fantasie erwünscht, ersehnt. Der Reihe nach!«

Albert Stein-Brück wünschte sich, als reicher Amerikaner in Europa zu leben. Olga wäre gern eine wirkliche Komtess, die ihm das Geld abnimmt, während Dieferle erklärte, es sei ihm gleich, wo er lebe, ob mit Geld, ob ohne Geld, wenn er nur in Olgas Nähe wäre. Max Sülstorff wünschte sich, ein angesehener Hamburger Kaufmann zu sein, dessen Geld wiederum Harry Liefke durchzubringen wünschte – und zwar als Sportsman. Curt Dubois erklärte, sein Wunsch sei, in gutem Geruch zu stehen, was einige für eine Liebeserklärung an die herrlich nach Coty duftende Pina Jeff hielten, während der Regisseur meinte, vielleicht wolle er nur einen Koch oder Kellner spielen. Pina selbst erklärte sehr sinnig, sie wolle im Film wie im Leben eine große Rolle spielen, während Max Pika sich als Vegetarier mit einem gut gehenden Obst- und Gemüseladen zufriedengeben wollte. – »Ich mache es nicht unter einer Farm!« rief Paul G. Olem. »Wenn möglich im Stillen Ozean.« – »Nimm mich mit oder adoptier mich!« rief Pola Djojo, »und lass mich deine wilden Ponys reiten!« – Als Letzter verstieg sich Jan Ning-Holl so weit, dass er sich wünschte, Jannings zu sein.

»Und daraus soll ich einen Film machen!«, klagte Schönthaler, der Regisseur, und war verzweifelt. »Hat denn nicht einer von euch einen vernünftigen Wunsch?«

In diesem Augenblick rief Pina laut:

»Ober! Haben Sie keine Bananen?«

»Aber ja«, erwiderte der.

»Mir auch!«, rief Olga und nach ihr riefen es in kurzen Zwischenräumen die anderen.

»Zwölfmal!«, zählte der Kellner, und Pola sagte:

»Eine ganze Plantage!«

»*Plan-ta-ge!*«, wiederholte der Regisseur, warf die Arme hoch und sprang auf.

»Was ist?«, fragten die anderen.

Aber Schönthaler hörte nichts mehr. Vor seinen Augen erstand der Film. Noch einmal sagte er – und schien mit seinen Gedanken bereits in einer anderen Welt – halblaut vor sich hin:

»Ba-na-nen-Plan-ta-ge.«

Dann griff er nach Hut und Mantel, warf Geld auf den Tisch und sagte:

»Kommt ins Atelier! Wir drehen! Und jedem von euch wird sein Wunsch erfüllt. *Liebe und Bananen!* – Auf den Titel hin verkaufen wir den Film, bevor wir anfangen zu kurbeln, für die ganze Welt!«

»Und das Manuskript?«, fragte Paul, und der Regisseur erwiderte:

»Ist Nebensache! – Bis wir anfangen, ist es fertig.«

III.

In dem großen Atelier am Zoo hatte Schönthaler sämtliche Räumlichkeiten für den Film gemietet. Als die zwölf Herren und die vier Damen früh um neun Uhr in ihren Autos am Zoo vorfuhren, mühte sich Schönthaler mithilfe des Bädekers von Indien und Kaarsberg's Sumatrabuch, die kahlen Räume in eine Bananenplantage zu verwandeln. Auf die Frage eines seiner Mitarbeiter:

»Sumatra oder Ceylon?«,

hatte er erst geschwankt, sich dann noch einmal in die beiden Bücher vertieft und, da er die Möglichkeit sah, aus beiden zu schöpfen, erwidert: »Sumatra und Ceylon!«

Dem Einwand des Architekten:

»Das sind doch ganz verschiedene Welten,« begegnete er mit der Behauptung:

»Auf der Landkarte! Im Film nicht! Der verträgt eine Steigerung. Oder sehen Sie vielleicht einer Banane an, ob sie auf Sumatra oder in Ceylon gewachsen ist! Kombinieren Sie! Ich brauche Ebene, Gebirgsabhänge, bewässerte Terrassen und vor allem Palmen und nochmals Palmen. Kokospalmen, Arecapalmen, Kitul- und Talispotpalmen – aber in Blüte! Bambus und ein paar Ravenadas – von jedem etwas.«

Unmöglich! Bedenken Sie, dass Sumatra gar keine ...«

»Ich spreche von Ceylon. Bauten, Menschen, Trachten, Stimmung beziehen wir aus Sumatra. Wir pfeifen auf das Manuskript! Ich mache es genau wie alle Dramaturgen! Ich entlehne aus Kaarsberg – wörtlich – seitenweise!«

»Aber gerade Ceylon würde ...«

»Nein! Auf Ceylon leben sechs verschiedene Rassen. Singhalesen, Tamilen, Moormen, Mischlinge, Malayen und Weddas. Wo sollen wir die hernehmen? Das kompliziert! Verteuert! Sumatra vereinfacht. Aber wir können auf Ceylon nicht verzichten, denken Sie an die Verleiher. Wir brauchen außerdem ein paar Javanerinnen mit Sarong, Umhang, braunen Jacken und Shawls. Aber sie müssen tanzen können. Stellen Sie sich vor: ein moderner Gesellschaftsfilm mit Pola, Pina, Liefke, Olga, Jan Ning-Holl – das sind Namen! Ein Film, der von Berlin nach Ceylon, Java und Sumatra hinüberspielt! Die Verleiher werden kopfstehen.«

»Und das wollen Sie alles hier im Atelier drehen?«

»Selbstredend! Um zu finden, was Sie im Atelier auf zwanzig Quadratmetern an typischem, konzentriertem Sumatra zeigen können, müssen Sie in Java tagelang herumreisen.«

Während in den Ateliers noch gebaut wurde, ging in einer der Garderoben Paul G. Olems Wunsch seiner Erfüllung entgegen. Er begann, sein Europäertum abzulegen und sich in einen Asiaten zu verwandeln. Ein kleiner schwarzer Herr mit Hornbrille gab die Anweisungen. Paul stand splitternackt.

»Vor allem das Ganze in dunkelbraun«, sagte der Herr mit der Brille – und Paul G. Olems weißer Körper änderte seine Farbe.

»Sie stammen von den Weddas ab,« wandte er sich an Paul, »einem der Urvölker der Erde, das fast ausgestorben ist und nur noch in wenigen Exemplaren im Südosten von Ceylon vorkommt. Ihre Volksgenossen leben vom Ertrag der Jagd mit Bogen und Schlinge. Sie kommen mit keinem anderen Stamm der Insel in Berührung und stehen nur mit den Singhalesen in einer Art Tauschhandel, indem sie das erlegte Wildbret des Nachts an den Saum des Waldes legen und daneben ein Modell des Gegenstandes, den sie dagegen einzutauschen wünschen. Die Singhalesen holen heimlich das Wildbret ab und erfüllen die Wünsche der Weddas.«

»Herr Privatdozent, das interessiert uns nicht«, unterbrach ihn Schönthaler, während er Pauls Körper mit seinem feuchten Zeigefinger betupfte, um sich zu überzeugen, dass das Braun nicht abfärbte. »Sagen Sie lieber dem Coiffeur Bescheid. Trägt er einen Bart? Hat er Haare?«

»Bartlos und das Haar wellig«, erwiderte der Brillenmann. »Im Übrigen ist er für einen Wedda zu groß.«

»Hörst du?«, brüllte der Regisseur Paul an: »Du bist zu groß!«

»Sehen Sie zu, dass Sie Chaplin bekommen«, erwiderte der, und zu dem Gelehrten gewandt fuhr er fort: »Es hat bestimmt auch einmal unter den Weddas einen Mann gegeben, der so groß war wie ich. Sie brauchen ihn ja nicht gekannt zu haben – und das Publikum auch nicht.«

»Er ist keine reine Rasse! Wie sollte er sonst auch zu einer Plantage auf Sumatra kommen?« vermittelte der Regisseur. »Deine Mutter ist eben ein Mischling.«

»Was?«, brüllte Paul. Aber der Regisseur brüllte lauter. »Du stammst aus der Ehe eines Wedda mit einer portugiesischen Frau.«

»Die Weddas mischen sich nicht!«, erklärte der Dozent mit aller Bestimmtheit.

»Unsere mischen sich eben. So was kommt in den besten Stämmen vor. Im Übrigen hat er die Bananenplantage schon von seinem Vater geerbt.«

»Das geht doch nicht«, widersprach der Dozent.

»Es muss gehen! Dann war dessen Mutter eben auch schon gemischt. Und du, Albert, bist vermählt mit einer Malayin.«

»Das gäbe ja eine furchtbare Rasse!«, klagte der Gelehrte und schlug die Hände über dem Kopf zusammen.

»So?«, brüllte der Regisseur. »Das wollen wir doch mal sehen.« – Er riss die Tür auf und rief: »Pola, wo bleibst du denn? Dein Vater ruft.« – Und als Pola, mit vollendeter Kunst in einen Mischling verwandelt, tänzelnd heranschwebte, wies der Regisseur auf sie und fragte den Dozenten:

»Finden Sie, dass sie so furchtbar aussieht?«

»Wer hat das behauptet?«, rief Pola gekränkt und musterte herausfordernd den Dozenten.

»Sie sind eine Eurasierin«, sagte der kleinlaut.

»Was bin ich? Soll das vielleicht eine Beleidigung sein?«

»Sie sind eine Kreuzung ...«

»Bin ich ein Hund?«

»... eines Portugiesen mit einer Malayenfrau – aber nie im Leben der Abkömmling eines Wedda.«

»Ob ich von Wedda oder vom Wedding abstamme, ist mir ganz gleichgültig. Hauptsache, ich gefalle. Na – und?« – Sie stellte sich kokett vor Paul hin: »Na, mach schon den Mund auf! Du bist doch sonst so hinter mir her.«

Paul machte nicht viel Worte. Er riss Pola an sich und sagte:

»Du wildes Tier!«

»Halt!«, rief Schönthaler. »Paul ist dein Vater! Wie wollt ihr eine Steigerung in den Film hineinbekommen, wenn ihr gleich mit einem Inzest anfangt.«

»Heben wir uns das auf,« erwiderte Paul und ließ Pola, die ihm das mühsam in Wellen gelegte Haar zerzauste, los.

»Du hast mir eine Farm, ein Pferd, einen Mann versprochen«, sagte sie zu dem Regisseur.

»Und halte mein Wort!«, erwiderte der. »Geh hinunter ins Atelier, da findest du alles.«

Pola riss die Tür, in die eben Harry Liefke trat, auf:

»Harry, du?«, rief sie und warf sich ihm an den Hals. »Liebst du mich noch?«

»Wenn Paul sein Jawort gibt«, erwiderte der. »Er hat das Geld – und die Bananen.«

Da erschien Dieferle, ein Riesenkerl, tiefbraun, ein geflochtenes Käppchen auf dem Kopf und ein sonderbares Zeichen auf der Stirn.

»Bravo!«, rief der Dozent. »So sieht ein echter Tamile oder Dravida aus.« – Er wollte ihn eben befühlen, da schob der Dravida ihn unsanft zur Seite, trat dicht an Harry heran und sagte:

»Lass Pola los! Sie gehört mir.«

»Wieso?«, fragte Harry.

»Hast du das Manuskript denn nicht gelesen?«

»Ich lasse mich überraschen.«

»Aber nicht von mir! Das kann ich dir raten.« – Er hob die Faust gegen Harry.

»Lass den Unsinn!«, rief der Regisseur. »Siehst du denn nicht, dass er schon geschminkt ist?«

»Was kümmert das einen Dravida?«

»Nicht doch!«, rief der Dozent. »Die Dravidas sind feige.«

»Im Manuskript steht nichts davon.«

»Im Manuskript steht nie etwas von dem, was man nachher im Film sieht.«

»Pola soll selbst entscheiden!« regte Harry an. Er sah so wenig wie Dieferle, der noch immer drohend vor ihm stand, dass Pola längst am Halse eines Riesennegers hing, der Jan Ning-Holl ähnelte und unbemerkt durch die offene Tür getreten war.

»Ich entscheide mich für euch alle drei!«, rief sie – »oder für den, der der Stärkste von euch ist!« – Woraufhin sich Pauls Garderobe im selben Augenblick in einen Boxring verwandelte.

Dieferle lag infolge eines rechten Kinnhakens, den der Neger ihm versetzt hatte, bereits bewusstlos und wurde von Paul, dem Unparteiischen, eben ausgezählt, als der Direktor S. Rachitis in die Garderobe stürzte und rief:

»Regisseur! Die Lampen brennen.« –

Weiter kam er nicht. – Nicht etwa, dass der Anblick des am Boden liegenden Dieferle, den er für tot hielt, ihn rührte! Nicht einen Augenblick lang.

»Gott im Himmel!«, schrie er. »Mein Geschäft! Glaubt ihr, ich fabrisiere für die Negerrepublik Haiti!? Ich bin Amerikaner! Ich will Geld verdienen.« – Er sah sie der

Reihe nach an: »Gelbe Rasse! Schwarze Rasse! Braune Rasse! Und nicht ein Weißer! Seid ihr meschugge?«

»Der Film ist doch zu Ehren von Gerhart ...«

»Nix ist er zu Ehren. Oder lebt ihr etwa von der Ehre? Su gesund bei den Gagen! N' Geschäftsfilm is er wie jeder andre. Bin ich ein Schlemihl? Das mit dem Gerhart, dem Dichter – unter uns: habt ihr schon was von ihm gelesen? Ich nich – jedenfalls, das is Reklame. Für die Presse! Ich habe mir gesagt: n' Film su Ehren von Gerhart, den verreißt die Kritik nicht.«

»Aber, Sie zahlen uns für den Film ja gar keine Gagen!«, rief Pola.

»Ihr könnt es euch leisten, aus Ehre su spielen. Ich muss Geld verdienen. Im Übrigen: Wosu macht ihr so dumme Verträge? Hab ich euch geswungen? Ich hab euch gesagt: »Kinder! Der Gerhart is 'n Dichter! Wenn der hält einen Vortrag über den Film, lauscht die ganze Welt. Wenn die ganze Welt lauscht seinem Vortrag, wird die ganze Welt sehen wollen den Film. Was heißt su seinen Ehren? Muss ich das binden jedem auf die Nase? Was geht die Leute Gerharts Ehre an? Was können sie sich dafür kaufen? Nichts! Also werd ich lassen weg die Ehre und werd sagen: »der Johann Wolfgang Gerhartfilm.« – Da werden die Leute glauben, der Film is von ihm und laufen und euch bewundern, und ihr werdet noch berühmter werden, als ihr schon seid, und ich werde Geld verdienen. Aber nix in Schwarz und Braun und Gelb – sondern in Weiß!«

»Aber, Herr Direktor, das Manuskript!«, sagte Paul.

»Reden Sie mir nix von Manuskript. Das is geschrieben von so einem Dichter, einem unpraktischen Menschen, der nix in die Welt passt, damit der Regisseur sieht, wie man eine gute Idee umbringt.«

»Aber, Herr Direktor«, wandte Pola ein, »ich heiße Djojo.«

»Jojo? Wie jiddisch«, erwiderte S. Rachitis.

»Und ich Mardiani«, hauchte Dieferle, der wieder zu Bewusstsein kam.

»Was heißt Mardiani? Ich hab gedacht, Sie sind tot. Sie werden nicht Mardiani heißen, Sie werden heißen – na, wie werden Sie schon groß heißen? – Johann.«

»Aber, Herr Direktor, der Film spielt auf Sumatra oder Ceylon.«

»Nu also! Da macht sich Don Johann doch ausgezeichnet.«

»Herr Direktor meinen Don Juan.«

»Ich mein', was ich sage. Sprechen Sie's aus, wie Sie wollen.«

»Das ist ja doch ein spanischer Name«, meinte Djojo.

»Nu und? Wissen Sie, wo Sumatra liegt?«

»Offen gesagt – nein.«

»Andre werden's auch nicht wissen. Warum soll es also nicht in Spanien liegen? – Überhaupt, man legt sich nicht auf ein Land fest. Schließlich weiß doch einer Bescheid – bei den heutigen Verbindungen.«

»Das tun wir ja,« erwiderte Schönthaler. »Ich schöpfe aus Bädeker und Kaarsberg.«

»Kenn ich nich. Ich denke, Sie schöpfen aus Eigenem. Dasu sind Sie Regisseur. Dafür werden Sie besahlt?«

»Erlauben Sie, in diesem Fall arbeite ich ...«

»Aus Ehre! Ich weiß. Is Ihnen die vielleicht weniger wert als Geld?«

»*Mir* nicht, Herr Direktor.«

»Nu also! – Das Durcheinander is mir schon ganz recht. Sorgen Sie vor allem for Tempo. Woran scheitern die meisten Films? Dass man den Leuten Seit lässt, nachzudenken. – Meinetwegen nehmen Sie auch meschuggene Namen. Aber ich bitt' mir aus: Unter den Solisten nicht mehr als ein Farbiger.«

»Dann ich!«, sagte Paul. »Ich habe drei Stunden dazu gebraucht, um mich in eine andre Rasse zu verwandeln.«

»Und ich um Halfkast zu werden vier!«, rief Djojo.

»Weder Ganz- noch Halbkaff!«, rief Rachitis. »Knobeln Sie um den Einen! Aber beeilt euch. In sehn Tagen müssen wir aus dem Atelier raus sein. Und denkt daran, für wen ihr spielt – für den Dichter Johann Wolfgang Gerhart!«

»Für Sie!«, rief ihm Paul nach. »Für Ihr Portemonnaie.«

S. Rachitis wandte sich um und erwiderte:

»Und wenn ihr durch den Film in Amerika populär werdet und Gagen besieht – sehnfach so hoch wie euer und unser Präsident zusammen – gebt ihr mir was ab? Wie? – Verdient ihr durch mich, warum soll ich nicht durch euch verdienen?«

»Wo verdienen wir schon in Amerika?«, fragte Djojo und ahmte seinen Jargon nach.

»Gemacht!«, rief Rachitis, hielt Djojo die Hand hin und wandte sich an die andern: »Sie sind meine Seugen.«

»Was ... ist?«, fragte Djojo und zögerte, einzuschlagen.

»Gemacht!« wiederholte Rachitis. »Ich gebe Ihnen für fünf Jahr fünfsig Prosent von der Gage, die Sie in Amerika bekommen und sahle Ihnen außerdem noch für den Film hier swansigtausend Mark. – Na, is das ein Wort – oder ist's keins?«

»Hüte dich!«, rief Paul.

Aber Djojo schlug ein und Dieferle, der wieder bei vollem Bewusstsein war, trat auf Rachitis zu und sagte:

»Ich bin bereit, den gleichen Vertrag mit Ihnen zu schließen.«

»Wenn ich mich schon ruiniere, dann mit der Pola, aber nicht mit Ihnen«, erwiderte er und ging hinaus.

»So ein Gauner!«, rief Paul – und Rachitis, der schon auf der Treppe war, blieb stehen, lächelte und dachte:

»Wie gut, dass ich das nicht mehr gehört habe.«

IV.

Eine Stunde später brach unten im Atelier der Lärm plötzlich ab.

»Licht!«, rief laut eine Stimme.

Die grellen Lampen leuchteten auf.

Ein zweiter Ruf folgte:

»Aufnahme!«

Und der Film entstand, dessen Geschichte ich euch jetzt erzählen werde:

Erstes Kapitel.

Getreu der Schilderung Kaarsbergs war das Atelier in seiner ganzen Breite und Tiefe in eine Landschaft Sumatras verwandelt.

Felder mit Reis und Obi, die in schnurgeraden Reihen gepflanzt und mit Zäunen aus gelbem Bambusrohr eingehegt waren. Hier gingen Malayenmütter vor dem hölzernen Pfluge, den der Mann führte, und die nackten kleinen Kinder saßen im Grase am Wege und spielten mit Schneckenhäusern. Die dunklen Kinder waren dick, hatten strotzende Reismägen und große mexikanische Silbermünzen auf der Brust, Amulette, die sie gegen Seuchen und Lungenkrankheiten schützen. Weiber mit gefüllten, geflochtenen Strohsäcken auf dem Kopf gingen vorüber – in der Richtung auf eins der Batakdörfer, das in einem Hain fruchttragender Bäume und Palmen verborgen lag. Ein nackter, schlanker Knabe trieb eine Herde schwarzer und weißer Buckelochsen vorüber. Plötzlich fing das Vieh an zu laufen, die Kinder sprangen auf und heulten – aus dem Präriegras in der Ferne sah man ein paar struppige Ponys, auf deren ungesattelten Rücken zwei große schlanke Menschen saßen, herangaloppieren. Sie rutschten eben die schroffen Abhänge einer Schlucht hinab und krochen dann eine steile Halde hinauf. Die Reiter waren abgestiegen und hielten sich an den Schweifen der spindeldürren, starkknochigen Klepper fest, die ihre scharfen, unbeschlagenen Hufe in die tiefgetretenen Spuren des Weges hieben. Immer

näher kamen sie. Und als sie jetzt an den Kindern vor-
übergaloppierten, die wie aufgescheuchte Vögel ängstlich aus dem Grase aufflatterten, und an den dunklen
Frauen, die neugierig Ausschau hielten und trotz der
ermunternden Zurufe ihrer Männer nicht zu bestimmen
waren, den hölzernen Pflug weiterzuziehen – da sah
man, dass der eine der beiden Reiter eine Frau war –
und zwar eine weiße. Sie schien mit dem Pony, das sie
mit den in Lederhosen steckenden Beinen fest um-
schlungen hielt und, ohne die Zügel zu benutzen, an-
trieb, verwachsen. Alle paar Augenblicke wandte sie
sich zu ihrem Begleiter um und rief auf Englisch:

»Tempo! Tempo!«

Woraufhin der sich vergeblich abmühte, sein Pony in
schnellere Gangart zu bringen. Wäre die Frau nicht so
auffallend jung erschienen und das Tempo ein wenig
langsamer gewesen, so hätte man gewiss erkennen können, ob die Reiterin wirklich Pola Djojo war, der sie so
ähnlich sah. Die Wahrscheinlichkeit war umso größer,
als der weniger ungestüm reitende Begleiter, dessen Abstand von Djojo sich ständig vergrößerte, unverkennbar
der lange Dieferle war, den wir ebenfalls bereits kennengelernt hatten. Auch, dass er der weißen Frau mit
zärtlicher Stimme zurief:

»Miss Djojo, ich beschwöre Sie, bleiben Sie bei mir!
Denken Sie an die Tiger und Schlangen!« sprach für unsere Vermutung. Einmal konnte Djojo ein Kosenamen
sein, und dann war es ja auch möglich, dass das, was
sich da vor unseren Augen abspielte, gar keine wahre
Begebenheit, sondern ein Film war. Wer vermag das
heute noch zu unterscheiden?

Ich setzte eben mein Glas an, um besser zu sehen, da verschwanden die beiden Reiter auch schon in dem hohen Gras, die dunklen Frauen zogen wieder den Holzpflug, und die aufgescheuchten Kinder krochen aus ihren Verstecken hervor und vereinigten sich wieder zu gemeinsamem Spiel.

Die Ponys galoppierten, ohne zu ermüden, durch das hohe Gras. Oft sah man nur die Köpfe der beiden Reiter und für Augenblicke die in die Höhe geworfenen Mähnen der ausdauernden, temperamentvollen Tiere. Auf grüne Savannen folgten wieder dschungelbewachsene Bergrücken. Die Ponys trabten dreist durch reißende Ströme und über versengte Lallangebenen.

Die Sonne stand weiß, blendend und glühend senkrecht über den Köpfen der Reiter, als sie durch die Pforte eines Dorfes ritten. Sie parierten die Pferde vor einem reich bemalten Hause, dessen Giebel mit gekalkten Hirnschalen von Büffeln und Hirschen geschmückt waren. Die weißen Wände waren mit roten Eidechsen bemalt und auf den überhängenden Giebeln waren lebensgroße hölzerne Götzenbilder angebracht.

Der Pungullo des Dorfes, ein starker kräftiger Mann, der unserm Reinhardtschauspieler Homolka verteufelt ähnlich sah, saß auf der obersten Stufe der Bambustreppe seines mächtigen Hauses, verdaute und stocherte mit der Spitze eines meterlangen Schlachtschwerts mit silberbeschlagenem Elfenbeingriff in seinen schwarzen Zahnstümpfen. Als er die beiden Reiter sah, stieß er das Schwert in die Scheide und ging ihnen entgegen. Dieferle, der bis zu diesem Augenblick einen Kopf größer als der Pungullo gewesen war, machte sich so klein, dass er wie ein Zwerg neben ihm erschien. Hatte er eben noch neben der weißen Djojo wie ein Halfkast wider Willen, ja beinah wie ein Europäer gewirkt, so konnte man ihn jetzt für einen Urbewohner von Sumatra halten. Er trat, die eine Hand auf der Brust, die andere auf der Stirn, vor und verbeugte sich unzählige Male tief vor dem mächtigen Herrscher dieses Kampongs, von dem man sich erzählte, dass er in seiner Jugend einen wilden Tiger ohne Waffen abgetan hätte. Und wer Homolka kennt, traut es ihm zu.

Der Pungullo trug einen langen schwarzen Sarong, goldene Armreifen und ein Kopftuch. Eine bunte, mit Perlmutter besetzte Decke, die er sonst über der Schulter trug, hatte er auf die Treppe gelegt.

Er sah Djojo mit seinen stechenden Augen an und stieß einen gellenden Kehllaut aus, den selbst eine stark an Einbildung leidende Frau nicht als Ausdruck des Wohlgefallens auffassen konnte. Es schien vielmehr, dass dieser Ton tiefste Verachtung über die weiße Haut und die zarte Gestalt ausdrückte.

Aber Djojo, an Begegnungen dieser Art gewöhnt, setzte ihr verführerischstes Lächeln auf, tat, als wenn er sie willkommen geheißen hätte und dankte in farbenreichen malayischen Worten für seine Gastfreundschaft.

Aber dieser Pungullo schien wilder und unzugänglicher als alle, denen Djojo bisher begegnet war. Entschlossen zog sie ihre Jacke aus, riss behände ihre kostbaren siamesischen Silberknöpfe ab und reichte sie ihm – während Dieferle noch immer in respektvoller Entfernung stand und sich, jedes Mal, wenn er glaubte, dass der Pungullo ihn ansah, tief verbeugte.

Der aber wog die Knöpfe in der Faust und lachte bestialisch. Dann blies er in ein poliertes Büffelhorn und befahl einem Jungen, der aus dem Hause kam, sich der ermüdeten Ponys anzunehmen.

Jetzt gab er Djojo ein Zeichen, ihm zu folgen. Sie gingen um das Haus herum. Da stand eins von seinen Weibern und kochte ein Ferkel in Wasser und Reis und servierte es in einer mächtigen rußigen Metallschüssel. Der Pungullo aß mit den Fingern und lutschte an den fetten Knochen wie ein Kind an einer Zuckerstange.

Djojo aber öffnete eine Ledertasche, die sie um den Hals trug, und servierte eine ganz europäisch zubereitete Mahlzeit, bestehend aus gekochten Eiern, gebratenen Hühnern, Brot, Butter, Salz und einer Flasche Wein. Sie reichte Dieferle Serviette und Besteck, aber der Pungullo schlug sie ihm aus der Hand und wies auf die Metallschüssel, sodass dem verängstigten Halfkast gar nichts anderes übrig blieb, als unter Verzicht seiner europäischen Hälfte nach Art seiner malayischen Vorfahren mit den gepflegten Händen in die Schüssel zu greifen und ein Riesenstück Schweinefleisch herauszufischen. Behutsam erst und scheinbar mit Widerwillen gab er sich dieser ungewohnten Mahlzeit hin. Dann aber meldete sich das Blut seiner Ahnen – und er machte sich über die Schüssel her. Der Pungullo und Djojo schüttelten sich vor Lachen. Aber es störte ihn nicht. Djojo bot ihm ein Glas mit Wein. Dieferle jedoch griff gierig nach der Flasche und wollte sie in einem Zuge heruntergießen. Der

Pungullo riss sie ihm aus der Hand, erbat von Djojo das Glas, wandte sich zu ihm und sagte:

»So trinkt ein Halfkast!«

Setzte das Glas an und leerte es. Das belustigte wiederum Djojo. Sie reichte dem Pungullo ein Besteck und unterwies ihn im Essen. Etwas plump, aber nicht ungeschickt verzehrte der das für Dieferle bestimmte Huhn.

Djojo sagte voller Ausgelassenheit zu dem Pungullo:

»Überlass ihm dein Dorf und komm statt seiner als Sekretär meines Vaters auf unsere Bananenfarm!«

Der Pungullo brüllte vor Lachen, aber Dieferle erschrak, warf einen Riesenknochen, an dem er eben nagte, in die Schüssel zurück, sprang auf und versuchte, sich in einen Europäer zurückzuverwandeln. Er wusch sich in einer Art Tümpel am Haus und brachte seine Kleidung in Ordnung. Djojo bereitete inzwischen mit großem Geschick dem Pungullo seine flachköpfige, langröhrige Metallpfeife. Als er sie bat, sie ihm auch anzurauchen, da stutzte sie einen Augenblick, nickte dann, wandte sich um, sagte: »Der Wind!«, zog blitzschnell, und ohne dass er es sah, ihr kleines Taschentuch hervor, wickelte es um das Mundstück der Pfeife und zündete sie an. Alles das dauerte ein paar Sekunden. Dann wandte sie sich wieder zu ihm um und schob ihm die brennende Pfeife zwischen die schwarzen Zahnstummel.

»Die Pferde!«, rief sie – und der Junge brachte die Ponys. Sie warf ihm ein Päckchen Tabak zu, das er sofort zu essen begann. Dann reichte sie dem Pungullo, der in rosigster Laune war, die Hand, er wollte sie aufs Pferd heben, aber sie saß schon drauf, winkte und raste davon. Dieferle, dem der Pungullo vor Heiterkeit ein paar kräftige Schläge auf den Rücken versetzte, sank in die Knie, stieg auf das Pony und galoppierte hinterdrein.

Der Pungullo rief ihnen nach, sah das Taschentuch Djojos, das sie um die Pfeife gewickelt und dann fortgeworfen hatte, hob es behutsam auf, führte es an das Gesicht, lächelte beinah mild und verbarg es in seinem schwarzen langen Sarong. –

»Bravo, Homolka!«, rief der Regisseur. »Lampen aus!«

Zweites Kapitel.

Wir standen vor einem hohen Geschäftshaus in der Nähe des Hamburger Hafens. Für einen Laien war nicht leicht zu erkennen, ob es ein Bürohaus oder ein Speicher war. Vermutlich war es beides. Vom Hafen her führten Schienen bis in den Torweg, und Hafenarbeiter, die mit den Händen in den Taschen auf der Straße standen und aus kurzen Pfeifen schwarzen Rauch in die Luft pafften, erzählten, dass bis vor drei Wochen noch täglich so an die dreißig Waggons Bananen vom Hafen in den Speicher gefahren seien. Die hätten sie dann ausgeladen – und davon lebten sie. Seit drei Wochen aber sei auch nicht mehr ein Waggon eingefahren.

Sie schimpften, ohne recht zu wissen, wem sie die Schuld geben sollten.

»Der Herr Senator is ja so weit 'n feiner Mann, das muss man sagen. Aber wenn dem sein Vater und Großvater nicht gewesen wären – von selbst wär' der zu nichts gekommen.«

»Lass man den ollen Sülstorff in Ruh«, fiel ein andrer ein. »So helle wie du is der noch alle Tage. Aber wenn man nen Sohn hat, der Tennis-Champion ist – was meinst de, was so'n Mann für'n Leben führt, was da drauf geht?«

»Das sieht man ja aus den illustrierten Blättern, wie so'ne Leute leben. Heute hier, morgen da und immer in den feinsten Hotels mit den teuersten Weibern.«

»So leben andre auch. So was wirft 'ne Firma wie Maxe Sülstorff nich um.«

»So! Was meinst de, wie viel Bananen auf eine Pulle Schampus kommen?«

»Zehn Stück.«

»Du spinnst ja. Hundert, sag' ich dir. Wenn das reicht. Und bei einer bleibt's nich. Rechne dir doch aus, Mensch! Ein Waggon pro Woche allein für Schampus, und dann die Weiber, sagen wir mal, drei Waggons pro Woche, dazu zwei Autos mit Chauffeur, Diener, Hotels, Reisen, Kleidung – ich sag' dir, das kommt auf zehn Waggons pro Tag. Da kann so'n Geschäft nich bestehen – bei den Steuern und Spesen.«

»Wozu behält er denn das ganze Personal? Zu tun haben sie nichts und kosten noch Licht und Heizung.«

»Weil er 'n feiner Mann is und mehr als die Hälfte schon über zehn Jahre lang im Geschäft hat.«

»Und wir? Wie lange stehen wir hier?« – Er wandte sich an einen Arbeiter, der trotz seiner strammen Haltung wohl über sechzig Jahre alt war. »Na, Maxe?«

»Im Januar sind's fünfunddreißig Jahre«, erwiderte der. »Damals, da wuchsen noch keine Bananen. Wenigstens kamen se nich bis zu uns. Was dem Chef sein Vater war, der hat noch Apfelsinen importiert – das war 'n reelles Geschäft – da hat man verdient und das Leben war billig.«

»Der Olle!«, rief einer und wies auf ein Auto, das eben vor dem Hause hielt. Die Arbeiter traten dicht vor die Haustür und riefen:

»Guten Morgen, Herr Senator!«

Der kleine runde Herr, der dem alten Pfordte, dem König der Hamburger Küche, ähnlich sah, erwiderte freundlich den Gruß.

»Keine Arbeit für uns?«, riefen ein paar.

Der alte Sülstorff schüttelte den Kopf und sagte:

»Sumatra liefert nicht.«

»Wir hungern.«

»Um elf habe ich eine Konferenz, zu der auch mein Sohn aus Berlin kommt.«

Die Arbeiter lächelten höhnisch und murmelten:

»Was der schon kann.«

»Vielleicht, dass er selbst nach Sumatra fährt«, sagte der Alte. »Und damit er genau erfährt, wie es hier aussieht, schickt zwei von euch um elf ins Büro.«

Die Arbeiter billigten den Vorschlag. Sie waren dankbar, dass man sich überhaupt um sie kümmerte und sie zu Worte kommen ließ.

»Hoch, der Herr Senator!«, rief der sechzigjährige Alte und drückte Sülstorff die Hand. Und die Älteren von den Arbeitern stimmten in den Ruf ein. Aber die Jungen standen beiseite.

Als der Senator im Haus war, sagte einer von ihnen:

»Er soll dem Sohn die Hosen stramm ziehen, statt ihn nach Sumatra zu schicken,« worauf der Alte erwiderte:

»Davon werden wir auch nicht satt.«

Dann gingen sie in eine benachbarte Kneipe und wählten den Alten und einen Jungen, die in der Konferenz um elf ihre Interessen vertreten sollten.

Für des Senators Sohn, den schönen Harry, deutschen Meister im Tennis, waren Bananen nicht mehr als ein Begriff. Er wusste nicht einmal, ob sein Herr Papa die Frucht, der er sein sorgloses Leben und seinen Luxus verdankte, diese seiner Ansicht nach erfreuliche Frucht selbst pflanzte oder nur importierte. Gewiss, er wusste von großen Plantagen auf Sumatra, einer Insel, die da irgendwo unten im Stillen Ozean lag. Welche Bedeutung sie für sein Leben hatte, – darüber hatte er noch nie nachgedacht. Und er hatte auch wirklich keine Zeit dazu. Weiß man denn, was so alles auf einem Tennischampion lastete? Zumal, wenn er so hübsch und fesch war wie Harry, dass er auch ohne den Ruhm des Champions begehrenswert gewesen wäre.

Gewiss, die Firma Max Sülstorff unterhielt in Berlin ein Büro, in dem es zu Zeiten guten Geschäftsgangs sogar recht lebhaft zuging. Aber das leitete ein Prokurist, der auch die Kunden besuchte. Harrys Tätigkeit beschränkte sich darauf, an jedem Ersten viertausend Mark aus dem

Geschäft zu entnehmen und ein paar Unterschriften zu leisten, da er nominell seit seinem einundzwanzigsten Lebensjahre Mitinhaber der Firma war. Wenn der Prokurist ihn geschäftlich informieren wollte, erwiderte er:

»Ich bin nicht neugierig,« drückte ihm die Hand und saß eine Minute später auch schon wieder am Steuer seines Mercedes.

Wenn er an solchen Tagen zehn Minuten später auf dem Sportplatz erschien, verhätschelten ihn die Damen und sagten:

»Der arme Harry! Er wird sich noch überarbeiten und beim nächsten Turnier versagen.«

Aber Harry enttäuschte seine Freunde nicht. Er gewann, wo er spielte, und lenkte bald die Aufmerksamkeit auch des Auslandes auf sich.

Als er jetzt, mitten vom Spiel weg an das Telefon gerufen, zu seinen Mitspielern zurückkehrte, und erklärte:

»Telegramm meines Vaters. Ich muss geschäftlich nach Hamburg,« da klagten sie:

»Er ruiniert seine Gesundheit. Soviel Arbeit verträgt ja kein Mensch.«

Der schöne Harry spielte die Partie zu Ende. Dann aber widerstand er allen Versuchen, ihn zurückzuhalten. Er musste schwören, dass es wirklich das Geschäft und keine Frau war, die ihn nach Hamburg rief – und sie begleiteten ihn in drei Wagen auf den Flugplatz, wo der Diener mit dem Gepäck bereits auf ihn wartete.

Eine Stunde später fuhr er vor dem Stammhaus Max Sülstorff in Hamburg vor. Wie bei allen Sportleuten, war auch seine große Tugend die Pünktlichkeit. Und da verliebte Väter bei ihren Söhnen immer nur das Gute sehen, so empfing ihn der Alte, die Uhr in der Hand, mit den Worten:

»Ein Mustersohn!«

»Den du trotzdem so knapp hältst, dass er die Firma Max Sülstorff Söhne kaum noch würdig vertreten kann.«

»Junge!«, rief der Alte erfreut. »Seit wann kümmerst du dich um das Geschäft?«

»Ist es vielleicht keine Reklame für die Firma, wenn ich mir in diesem Jahre auf allen internationalen Turnieren die ersten Preise hole?«

»Wenn wir eine Fabrik für Sportartikel hätten – vielleicht. Aber was haben Tennis und Bananen miteinander zu tun?«

»Mehr als du ahnst, Papa! Du glaubst es gar nicht, wie erfrischend gerade beim Sport Bananen wirken.«

»Und als ich in den illustrierten Blättern Inserate von dir als Bananenesser aufgeben wollte mit dem Text: »Der schöne Harry verdankt seine Triumphe dem täglichen Genuss von einem Dutzend Bananen,« hast du dich dagegen aufgelehnt.«

»Um mich in meinen Kreisen nicht lächerlich zu machen. Ich rühre keine Banane an! Meine Gegner haben mir so schon den Beinamen »Bananen-Harry« gegeben.«

»Ich habe, solange es möglich war, dich mit geschäftlichen Dingen verschont.«

»Ich hoffe, du wirst das auch weiterhin tun, Papa.«

»Das wird kaum möglich sein. Im Gegenteil, ich habe dich kommen lassen, um dich zu bitten, mit dem nächsten Schiff nach Sumatra zu fahren.«

»Papa!«, rief Harry beglückt.

Der Alte sah seinen Sohn erstaunt an.

»Ich habe meine Rackets mit!«, fuhr Harry fort. »Das Turnier in Medan ist am 11. April. Ich werde den Leuten zeigen, was ein deutscher Champion ist. Aber meinen Trainingspartner nehme ich mit. Das musst du mir bewilligen, Papa. Und eine neue Ausrüstung brauche ich auch.«

»In Medan ist ein Turnier?« erwiderte Max Sülstorf. »Davon wusste ich gar nichts.«

»Ja, weshalb soll ich denn nach Sumatra fahren?«, fragte Harry entgeistert.

»Der Bananen wegen!«

»Ba–na–nen?« wiederholte Harry. »Richtig, jetzt entsinne ich mich, dass du mal sagtest, du beziehest alle Ware aus Sumatra.«

»Bezog!«, erwiderte der Alte. »Seit drei Wochen hat kein Ostenschiff mehr Ware gebracht.«

»Eine Missernte?«

»Im Gegenteil! Es gab nie mehr Bananen und nie bessere als in diesem Jahre. Aber der Fürst der Bananenplantagen auf Sumatra, Paul G. Olem, lässt sie lieber verfaulen, als dass er sie mir schickt.«

»Hast du denn keine Verträge?«

»Eben deshalb, – weil ich sie nicht halten kann.«

»Und – weshalb kannst du sie nicht halten?«, fragte Harry zögernd.

»Weil ich meinen Kunden zu langfristige Kredite eingeräumt habe.«

»Und weshalb hast du deinen Kunden – langfristige Kredite ...«

»Das verstehst du nicht!«

»Du hast recht, Papa! Sprechen wir von lustigeren Dingen.«

»Mein Sohn, du verkennst den Ernst der Situation!«

Er ging zur Tür, öffnete und ließ aus dem Wartezimmer die beiden Arbeiterführer eintreten. »Diese Leute da,« fuhr er, zu seinem Sohn gewandt, fort, »haben seit drei Wochen keine Arbeit und hungern mit ihren Familien, weil wir keine Bananen haben.«

»Sie haben sich – von Bananen ernährt?«, fragte Harry erstaunt. »Kann man das denn?«

Die beiden lächelten spöttisch – und der Alte sagte:

»Von Brot, junger Herr! Aber selbst daran fehlt es.«

Harry griff in die Tasche und holte zwei Zwanzigmarkscheine heraus. Der junge Arbeiter nahm, aber der Alte sagte:

»Damit ist uns nicht geholfen. Wir sind dreißig Mann.«

»Das tut mir wirklich leid«, erwiderte Harry freundlich. »Aber mehr hab' ich nicht. Gib du, Papa. Du kannst die Leute doch nicht hungern lassen.«

»Nun, wo du das Elend siehst, bist du da bereit, nach Sumatra zu fahren?«

»Ich war es von Anfang an. Ich fahre mit dem nächsten Schiff.«

»Darf man wissen, was der junge Herr da drüben soll?«, fragte der Alte.

»Bei Paul G. Olem durchsetzen, dass er uns wieder Bananen liefert.«

»Und Sie glauben, dass der junge Herr ...?«, sagte der Alte und schüttelte ungläubig den Kopf. »Wo er doch nichts versteht vom Geschäft.«

»Das ist auch nicht nötig!«, erwiderte Harry leidenschaftlich. »Ich werde sämtliche Sumatraner durch mein Spiel hinreißen und als Sieger aus dem Turnier hervorgehen – nun, wo ich weiß, um was es sich handelt! Ich werde für euch, für die Firma, für die Bananen spielen! Dem Senator Max Sülstorff wird der Kaufmann Paul G. Olem nur gegen bar liefern, dem Tennischampion von Sumatra aber wird er als Sportsman Kredit gewähren.«

»Das hat was für sich«, sagte der Alte, und auch dem Jungen schien es einzuleuchten. Sie waren zufrieden, gingen und beruhigten ihre Kameraden.

Max Sülstorff aber umarmte seinen Sohn. Und als beide kurz darauf das Haus verließen, riefen die Arbeiter: »Hoch, Harry!«, und schwenkten die Mützen.

Drittes Kapitel.

Gedankenübertragung und Duplizität der Ereignisse sind vielleicht wissenschaftlich noch nicht feststehende Begriffe. Die Zahl einwandsfreier und überzeugender Fälle aber ist so groß, dass man Geschehnisse, wie wir sie jetzt schildern werden, durchaus nicht ins Märchenland des Films zu verweisen braucht. Wir erheben vielmehr Anspruch darauf, dass sie uns geglaubt werden. – Entfernungen nach Kilometerzahl spielen dabei keine Rolle. Zeit und Raum sind nach der Relativitätstheorie – eben relative Begriffe. Das Absolute besteht nur noch für Dummköpfe.

Für einen Dummkopf aber wird die temperamentvolle Djojo niemand halten. Als sie, noch völlig frisch, ihrem Begleiter immer ein paar Pferdelängen voraus, zwischen den grünen, einer kleinen Stadt vorgelagerten Rasenplätzen einhergaloppierte, überholte sie lange Reihen von überdachten Ochsenkarren, die mit Kohl und Kartoffeln beladen zum Markte zogen. Dunkle, frische Batakmänner mit Gold und Silber beschlagenen Messern im Gürtel und hinter ihnen ihre Frauen, alte und junge, zahnlose, ernste und rotmündige mit nacktem Oberkörper – alle gingen denselben Weg: zum Markte.

Hunderte von Karren standen am Rande des Platzes aufgestellt, und die Waren, alle möglichen europäischen und indischen Früchte und Gemüse, lagen in Reihen und Haufen, und bei jedem Haufen saßen zwei oder mehr schwatzende Weiber unter lackierten Papiersonnenschirmen.

Die Männer zogen sich zum »Restaurant« – einem Fleck im Grünen – zurück, wo ein Puckelochse sein Leben hatte lassen müssen. Der Kadaver war in Stücke gehauen und an die Händler verkauft, während sich der Verkäufer und die Männer der Marktfrauen an dem noch lauen Blute des Puckelochsen satt tranken, das aus einem schweren, gelben Bambusrohr um zwei Cent der Schluck verkauft wurde.

Ganz hinten auf dem Platze lag das von der Regierung erbaute Basargebäude, wo die smarten, umherziehenden arabischen und bombayanischen Händler Messinguhren, Taschenmesser, Nägelreiniger, Hosenknöpfe, Bartbürsten, hochrote Zelluloidkämme und Hosenriemen aus Wachstuch mit dem Stempel »Made in Germany« sowie in Birmingham fabrizierte Sarongs von »the superior Quality« verkaufen. –

In der Stadt war ein Fest. Den Weg entlang hingen gelbe Palmblattgirlanden. Sie ritten an vielen Fußgängern vorbei. Die meisten von ihnen führten feurige, junge Ponyhengste am Zügel. Die Tiere schüttelten die Mähnen, hoben die Schweife und bäumten sich aus Eifer, der galoppierenden Djojo nachzukommen.

Eine Minute später hielten sie an einer Ehrenpforte mit der holländischen Flagge. Die alljährlich stattfindende dreitägige Pferdeschau war in vollem Gange. Ein javanischer Polizeisoldat verkaufte Eintrittskarten, und sie ritten in eine Parkanlage auf der andern Seite des Weges, wo Reihen von Automobilen und Wagen auf ihre Fahrgäste, europäische, chinesische und malayische Käufer und Liebhaber, die heute die Schau besuchten, warteten.

Man handelte und feilschte um die herrlichen Ponys, die sich vor lauter Lebensfreude und Eifer bäumten, ausschlugen, scharrten und wieherten. Sie waren schwarz, braun, rot oder bunt, so groß wie isländische, einzelne sogar wie norwegische Pferde. Doch das batakische Pony ist zierlich und »trocken« wie ein Araber, mit krummem Hals, buschiger Mähne, kleinem Kopfe, lebhaft spielenden Ohren, halblangem Rücken, hohen

Fesselgelenken und feinem, lebendigem Schweife, der
bis auf die Erde reicht. –

Djojo sprang ab und wartete, bis ihr in Schweiß geba-
deter Begleiter Dieferle heran war. Dann vertrauten sie
einem Wärter ihre Ponys an, der sie trocknete und ihnen
Wasser gab. Sie selbst mischten sich unter das Volk, und
Djojo handelte einen Pony nach dem andern ein. Aber
ehe sie eins erstand, schwang sie sich kühn auf seinen
Rücken und jagte ein paar Male mit ihm herum. Es
machte ihr auch nichts aus, wenn das wilde Tier sie ab-
warf. Sie erhob sich schnell, fing es ein und saß schon
wieder auf seinem Rücken, ehe der entsetzte Dieferle die
Möglichkeit hatte, ihr zu Hilfe zu kommen. – Ein ganzes
Dutzend dieser Ponys erstand sie und ein paar zuverläs-
sige Eingeborene erhielten den Auftrag, sie auf die Plantage ihres Vaters, des allen bekannten reichen Planta-
genbesitzers Paul G. Olem zu bringen.

Sie selbst ging bis zum Ende des Marktplatzes, wo eine
Reihe von Automobilen standen.

»Medan. Hotel de Boer!«, rief sie dem Chauffeur zu
und sprang in den Wagen. Sie zog Dieferle herein, und
der malayische Chauffeur drückte auf den Selbststarter-
kontakt und trat mit dem nackten, braunen Fuße das
Kupplungspedal nieder. Sie flogen Hügel auf, Hügel ab
über die große Savanne, dass die Luft im Gestänge des
Sonnensegels pfiff. Keine fünf Minuten und sie waren in
der Stadt, fuhren die mit allem möglichen Volk belebte
Hindostraat entlang und hielten vor dem Hotel. Von einem Boy begleitet, betraten sie den Speisesaal und setzten sich an einen mit weißem Tuch bedeckten Tisch, auf
dem ein paar Champagnergläser und ein Pappstück mit

der Aufschrift »Reserviert« stand. – Zwölf Gänge gab es zum Tiffin, eine Unmenge Gelées und Salate – und die »Hawaii-Band« konzertierte. Die Musikanten spielten in Hemdsärmel und Tennishosen und trugen dicke rote Korallenbänder um den Hals. Sie hämmerten auf die Banjos, rissen an den weich brummenden Darmsaiten der Ukulelen und knallten die Fäuste gegen die gespannte Haut der Tam-Tams.

Sie spielten mit sprudelnder Lustigkeit, obwohl die Sonne jetzt gerade stechend und glühend senkrecht über dem Dache des Hotels stand und die Wärme von dem glutheißen Asphalt durch die offenen Türen und Fenster hereinwogte.

Die Hawaii-Leute schwitzten, aber das störte sie nicht; sie waren Söhne der Sonne und der Tropen. Dam! dam! bom! bom! klingeling! rama-schang. Das war der neueste amerikanische »Jazz«.

Die Gäste duselten schläfrig nach Ananas, Vanilleeis und Kaffee; mit einer schwarzen Zigarre im Mundwinkel, lagen sie zurückgelehnt in den breiten Tafelstühlen und wiegten die schweren Köpfe im Takt der Musik. –

Die Musik erhöhte die Kauflust. Man pfiff, rief und bestellte! Hallo! Boy! »Tangor Puff«! Knallwein! Champagner!

Die flinken Boys mit den bunten Kopftüchern, Hosen und Sarongs und den strammsitzenden weißen Jacken sprangen mit gespreizten Zehen über die blanke Fläche des Mosaikbodens mit vor Kälte betauten silbernen Kühlern in den sonnengebräunten Händen. –

Hu! Hei! – Die Hawaii-Leute hatte ihre wilde Musik selbst gepackt. Sie heulten und schrien und lachten mit den weißen Zähnen.

Das ganze »Hotel de Boer« zitterte vor Musik, und die Pfropfen knallten: Bang! Bang! – Der Champagner siedete in den schlanken Gläsern.

Hier und da stand ein Paar vom Tische auf und tanzte. Auch Djojo mit ihrem Begleiter. Ein paar Schritte nur. Denn die Sonne fiel sengend durch die zurückgeschobenen Fenster in den Saal.

Der Boy brachte Zeitungen und illustrierte Blätter. Englische und Amerikanische. Auch ein paar Holländische waren darunter. Djojo blätterte in »The Newyorker« und rief plötzlich:

»Benki!«

Dieferle wusste, dass das ihr Ausdruck höchster Freude war. Er wusste auch, dass sie dieses Wort von ihrer japanischen Dienerin hatte, ohne dass Djojo ahnte, was es zu bedeuten hatte.

»Benki!« wiederholte sie begeistert und wies auf das Bild eines jungen Mannes im »The Newyorker«, der im Tennisdress war, gut gewachsen schien und seine weißen Zähne zeigte.

»Wer ist das?«, fragte Dieferle. Und da er Djojo liebte, so überkam ihn sofort das grässliche Gefühl der Eifersucht.

»Yusho rontenisu,« erwiderte Djojo. Und Dieferle entnahm daraus, dass sie in großer Erregung war. Denn dann pflegte sie japanisch zu sprechen, aus Furcht, sie könnte bei ihrem Temperament Dinge sagen, die Anstoß erregen.

Schließlich aber sagte sie auf Englisch:

»Ist der Junge nicht himmlisch?«

»Ein bisschen blöd sieht er aus. Aber ein gutes Gebiss hat er – und gute Augen.«

»Idiot!«, schalt Djojo. »Blond ist er – und lächelt wie ein Gott.«

»Haben Miss Djojo schon mal einen Gott lächeln sehen?«

»Er ist mein Typ! So muss der Mann aussehen, den ich einmal heirate!«

Dieferle erschrak.

»Aber er sieht mir doch gar nicht ähnlich.«

»Darum gefällt er mir so gut.« – Sie führte das Blatt mit dem Bild dicht an ihr Gesicht und sagte leidenschaftlich:

»Harry!«

Dann legte sie den »Newyorker« auf den Tisch, lehnte sich in den Sessel zurück und schloss die Augen.

Das benutzte Dieferle dazu, sich über den Tisch zu beugen und zu lesen, was unter dem Bilde stand:

»Harry Sülstorff, der deutsche Tennismeister, schlug in Biarritz den Amerikaner Richards.«

Dieferle stutzte einen Augenblick, sah Djojo an, die noch immer mit geschlossenen Augen träumte und daher nicht wahrnahm, wie dieser aufgeschossene Halfkast spöttisch lächelte. Und je weiter er las, umso nichtswürdiger wurde dies Lächeln. Da stand unter anderm:

»Sohn eines Hamburger Großkaufmanns – schon von frühester Jugend an ein enthusiastischer Sportsman von internationaler Klasse – er gewann in den letzten Jahren ...« Es folgte eine lange Reihe von Siegen. – Dieferle überflog sie – er suchte etwas anderes – der Artikel ging auf die nächste Seite hinüber – da! da stand's: »Harry Sülstorff lebt in Berlin – stammt aus einer Hamburger Patrizierfamilie – die Firma Max Sülstorff Söhne Import von Früchten aller Art – vorzüglich Bananen« –. Mehr brauchte er nicht zu wissen. Er legte das Blatt beiseite und atmete erleichtert auf.

Als Djojo in die Wirklichkeit zurückgefunden hatte, sagte sie:

»Wie bekommt man den Jungen?«

»Gar nicht!«, erwiderte Dieferle.

»Sie kennen mich doch noch immer nicht. Sonst wüssten Sie, ich setze durch, was ich will. Je größer die Schwierigkeiten, umso besser. Das leicht Errungene reizt mich nicht.«

Dieferle reichte ihr das Blatt. Djojo las und sagte:

»Wo steht, dass er bereits verheiratet ist?«

»Davon steht freilich nichts darin.«

»Sie meinen, ein Mann wie er, wird von Hunderten umworben sein? Also werde ich um ihn kämpfen.«

»Das Haus Max Sülstorff Söhne steht vor dem Ruin.«

»Ich habe nicht die Absicht, das Haus zu heiraten.«

»Aber Ihr Herr Papa ...«

»... wird tun, was ich will.«

»In diesem Falle ...«

»Überlassen Sie mir das. – Boy!«, rief sie laut, riss vor seinen Augen die Seite mit Harrys Bild aus der Zeitschrift, sah sich die Rechnung, die der Boy ihr reichte, gar nicht an, warf einen Geldschein auf den Tisch und wandte sich zur Tür. Dieferle folgte ihr. Der Boy sah ihr verdutzt nach.

Als sie eben aus dem Saal traten, setzte die Hawaii Band wieder ein. Djojo stutzte, und da der langsame Dieferle noch nicht bei ihr war, so nahm sie einen malayischen Gast, der eben in das Lokal trat, am Arm und tanzte mit dem Verblüfften im rasenden Tempo um den Saal herum. Dann ließ sie ihn ebenso unvermittelt stehen und lief hinaus.

»Mit hundert Kilometer Geschwindigkeit!«, rief sie dem Chauffeur zu. Als der und Dieferle Einwendungen machten, schob sie beide Männer beiseite, saß im selben Augenblick auch schon am Führersitz und fuhr davon.

Dieferle und der Chauffeur standen sprachlos. Sie riefen und winkten – aber das Auto mit Djojo entfernte sich in rasendem Tempo, jagte einen Hügel hinauf und verschwand dann ihren Augen. – Eingeborene, die ihm unterwegs begegneten, fanden kaum Zeit, sich in Sicherheit zu bringen. – Auf dem Marktplatz angekommen, sprang sie ab, warf sich auf eins der vielen Ponys, die dort zum Verkauf standen, und galoppierte davon. Händler und Käufer standen verblüfft und sahen ihr nach. Ein paar junge Bummler machten sich auf die aussichtslose Verfolgung. Aber ein alter Malaye beruhigte alle und sagte:

»Es ist Djojo! Ihr Vater, der reiche Paul G. Olem, bezahlt alles.«

Viertes Kapitel.

Das bekannte Modehaus Garis Sons hatte es fertiggebracht, innerhalb ganz kurzer Zeit dreimal die Adresse zu wechseln und dabei doch in derselben Straße und in denselben Räumen zu bleiben. Man weiß nun schon, dass die Firma Garis Sons in Berlin ihren Sitz hat. Denn kein andrer Magistrat der Welt sorgt so innig für die Abwechselung seiner Bewohner und die Verwirrung der Geschäftsleute, Chauffeure und Fremden. In den meisten Großstädten der Welt haben die Magistrate andere Sorgen. Aber in Berlin – unberufen.

Im März kam die Komtess Olga v. Tschochenska mit dem reichen Amerikaner Albert Stein-Brück nach Berlin und fuhr vom Hotel Adlon aus zu Garis Sons.

»Königgrätzer Straße zwo«, sagte sie ihrem Privatchauffeur. Die Adresse hatte sie von ihrem letzten Berliner Besuch her sorgfältig aufbewahrt. Der Chauffeur fuhr die Linden hinunter, die Königgrätzer Straße hinauf bis zum Belleallianceplatz. Erst einmal. Dann wieder zurück. Dann noch einmal. Er studierte die Hausnummern. Immer fing die Straße mit Nummer 13 an. Schließlich wandte er sich zu der Komtess um und sagte:

»Das kann nicht stimmen. Nummer zwo gibt es gar nicht. Die Straße fängt mit Nummer dreizehn an.«

»Sind Sie wieder mal betrunken, dass Sie mir so einen Unsinn erzählen? – Rücken Sie weg!«

Sie setzte sich auf den Führersitz und fuhr zum Potsdamer Platz zurück – über den Platz hinaus, kehrte, da sie feststellte, dass sämtliche vom Platz ausgehenden Straßen anders hießen, wieder um, fragte am Anhalter Bahnhof einen fliegenden Buchhändler, der sie auslachte und belehrte:

»Sie sind woll nich von hier. Das was die Königgrätzer is, die heißt jetzt Budapester – von wejen, Sie wissen schon, den ollen Kaiser Josef, den wollten se nich vor den Kopf stoßen. Na, der Mann hat ja auch jenug Unjlück jehabt.« – Er hielt ihr ein Buch vor die Nase: »Koofen Se das! »Kaiser Franz Joseph im Schoße seiner Familie«. Denn wissen Se Bescheid.«

Aber die Komtess war längst auf dem Wege zur Budapester Straße. Sie hatte am Potsdamer Platz der Vorsicht halber einen Polizisten gefragt und war durch die Bellevue-, Tiergarten- und Friedrich-Wilhelmstraße zur Budapester zwo gefahren. Keine Spur von Garis Sons. Auch die Straße kam ihr verändert vor.

»Sagen Sie«, fragte sie einen Polizisten, »hieß die Straße hier immer Budapester?«

»Die hieß jestern noch Kurfürstendamm. Wie se morgen heißt, kann ich Ihnen nicht sagen.«

Die Komtess war verzweifelt.

»Und den Kurfürstendamm gibt's nicht mehr?«

»Doch. Aber der fängt jetzt wo anders an.«

»Warum denn?«

»Da müssen Sie den Magistrat fragen.«

Ein guter Engel gab ihr die Frage ein:

»Und die Budapester?«

»Is, wo die Königgrätzer war.«

»Von da komme ich ja her, die existiert ja noch.«

»Wenn Sie das existieren nennen – ohne Kopp. Das beste Ende haben se wegjeschnitten.«

»Nummer zwo, nicht wahr?«

»Das heißt jetzt Friedrich-Ebert-Straße.«

»Das ist ja furchtbar!« – rief die Amerikanerin verzweifelt, kehrte abermals um und fuhr gegen das Verbot mit achtzig Kilometer Geschwindigkeit. Als der Chauffeur sie darauf aufmerksam machte, sagte sie:

»Wenn ich langsam fahre, heißt die Straße, bis wir hinkommen, womöglich schon wieder anders.«

Diesmal stimmte es. In großen Buchstaben stand da: *Garis Sons, Robes et Costumes. Paris–Berlin–London.* Und das Licht der Lampen fiel grell auf die Fassade des Hauses. Auch unten in den Schaufenstern, in denen ein paar kostbare Pelze und Abendkleider lagen, war Licht. Aber die Eingangstür war verschlossen.

»Fünf nach sieben«, sagte der Chauffeur. Und die Komtess erwiderte wütend:

»Wir haben vom Adlon aus eine volle Stunde gebraucht – für einen Weg von fünf Minuten.«

Sie warf noch schnell einen Blick auf die Auslagen und wollte eben zu ihrem Wagen zurück, als aus dem Haus ein hübsches junges Mädchen trat, das der geschmackvollen Kleidung und der ganzen Art ihrer Bewegung nach wohl zu dem Modesalon gehörte.

Sie war etwas kleiner als Komtess Olga, zierlicher, wohl auch zarter, hatte ein schmales, feines Gesicht, glühende dunkle Augen, einen schwebenden Gang und feine Fesseln. Sie streifte sich gerade die perlgrauen Schweden über die weiße Hand, als sie die Komtess wahrnahm, die sich mit einer unwilligen Bewegung von dem Schaufenster ab- und ihrem Wagen zuwandte.

Komtess Olga war in diesem Augenblick von dem Licht des Fensters hell beleuchtet. Ein ziemlich gleichmäßiges, auffallend hübsches Gesicht, in dem ein slavischer Einschlag nicht stark betont, aber doch angedeutet war. Glänzend gewachsen, vollendet proportioniert, mit auffallend schönen Beinen, die unter dem kurzen Rock etwas bewusst hervortraten – wie überhaupt die ganze Erscheinung etwas nach Schaustellung und Modeblatt aussah.

Das junge Mädchen, das dank ihrem Beruf ein geübtes Auge hatte, dachte:

»Sehr dekorativ.«

Aber gewohnt, zu handeln, statt zu denken, trat sie an Komtess Olga heran und sagte:

»Verzeihung, gnädige Frau, Sie wollen vermutlich zu Garis Sons?«

»Ja! Aber ich sehe leider, es ist geschlossen.«

»Wenn Sie gestatten – ich führe Sie durch das Haus.«

»Sehr liebenswürdig.«

Das junge Mädchen öffnete die Tür, sagte: »Bitte!«, und ließ die Komtess eintreten.

»Fräulein Garis – vermutlich?«

»Nein! Ich heiße Pina Jeff und bin nur Angestellte.«

»So!«, erwiderte die Komtess und schuf Distanz.

Aber so recht aristokratisch wirkte das nicht. Schönthaler, der Regisseur, überlegte denn auch, ob er die Rollen nicht vertauschen sollte.

»Wie wäre es, wenn Sie, Pina, die Komtess – und Sie, Olga, das Mannequin ...«

Weiter kam er nicht.

»Ich spiel keine Nutte«, rief Olga und stürzte auf das Auto zu. »Da suchen Sie sich eine Andere!«

Das Publikum, das sich während der Aufnahmen auf der Straße angesammelt hatte, grölte vor Vergnügen.

Pina lächelte und sagte zu dem Regisseur:

»Holen Sie sie zurück.«

Olga, die ihrer schönen Beine wegen gewöhnt war, wenn sie einen Wagen bestieg, länger als nötig auf dem Trittbrett zu verweilen, rief dem Publikum ein paar russische Schimpfworte zu, lächelte aber im selben Augenblick auch schon, da sie die Hand des Regisseurs auf ihrer Schulter spürte.

Er sagte nur:

»Komtess Olga,« nahm sie bei der Hand und führte sie in den Hausflur zurück.

Das Spiel ging weiter und Außenaufnahmen und Atelierszenen, folgerichtig zusammengestellt, ergaben folgendes Bild:

Die reizende Modemamsell und Probierdame Pina führte die Komtesse in die Innenräume des Hauses Garis Sons. In der für Modetees bestimmten Halle lief sie eine breite, mit schweren Teppichen belegte Treppe, die in die erste Etage führte, halb hinauf und rief laut:

»Kinder! nicht umziehen! Hier bleiben! Eine verspätete Kundin!«

Im selben Augenblick erschien auf der Estrade, in die die breite Treppe mündete, ein Dutzend junger halb entkleideter Vorführdamen, die neugierig die Kundin musterten.

»Ich bin die Komtess Olga von Tschochenska. Ich brauche Abendkleider! Teagowns! Mäntel! Pelze! Meine Familie ist deutschnational! Aber mein Vater hat seiner Güter wegen für Polen optiert. Ich bin Kosmopolitin. Ich liebe Paris und Ägypten. Ich habe in meinem Rolls Royce zweimal Afrika durchquert, mit Tigern gekämpft und auf dem Rücken eines Riesenkrokodils den Nil durchschwommen. Meine Familie hat mich wegen Verschwendung entmündigt. Aber ein reicher Amerikaner hat mich adoptiert. Ich zahle bar! Führen Sie mir die neuesten Modelle vor!«

Die Vorführdamen kicherten, tuschelten, stutzten. Sie waren von ihren Kundinnen her manches gewöhnt. So aber hatte noch keine sich eingeführt.

»Aus einem Filmatelier entsprungen«, sagte eine der Vorführdamen. Aber das erhöhte nur das Interesse. Denn sämtliche zwölf Damen kannten nur einen Ehrgeiz: zum Film zu kommen. Ihren eigentlichen Beruf betrachteten sie nur als Sprungbrett. Jede von ihnen fühlte sich zu Höherem geboren. Das Modeatelier war eine Art Zwischenstation auf dem Wege zum Ruhme.

Aber diese Vorführdamen besaßen außer ihrer Sehnsucht nach Ruhm auch Instinkt und wussten nach dem ersten Wort, das Komtess Olga sprach, was sie ihr vorzuführen hatten. Die extravagantesten Kostüme waren beinahe noch dezent für eine Frau, die so bewusst am Ungewöhnlichen Gefallen fand.

Aber die Komtess begnügte sich nicht damit, sich die neuesten Pariser Modelle vorführen zu lassen, auszuwählen und die gekauften Roben zu Stapeln anwachsen zu sehen – sie bemängelte verschiedentlich die Art der Vorführung und zeigte, indem sie selbst den Mannequin spielte, den Damen, wie man auch ein mittelmäßiges Kleid durch raffinierte Art der Vorführung zur Wirkung brachte.

In diesem Augenblick stürzte ein Herr im Frack, die Serviette unter dem Arm, einen grauen, weichen Filzhut auf dem Kopf, einen ziemlich dürftigen Veilchenstrauß in der Hand, herein und ging auf Fräulein Pina Jeff zu. Die stand ziemlich entkleidet auf der untersten Stufe der Treppe und sah interessiert zu Komtess Olga empor, die eben in einem kostbaren Abendkleid mit vollendeter Pose die Treppe herabschritt.

Dieser männliche Eindringling war offenbar ein Kellner. Die Serviette unter dem Arm verriet ihn – und der weiche graue Filzhut. Man hätte ihn sonst genau so gut für einen Kavalier halten können. Freilich, der Veilchenstrauß deutete doch eher auf eine Wohnung im Gartenhaus – als auf ein Appartement in einem Luxushotel.

»Curtchen, Sie!«, rief Pina, riss ihrer Nachbarin einen Abendmantel herunter und bedeckte sich damit.

»Sie gehen sonst immer punkt zehn Minuten nach sieben an dem Fenster unseres Restaurants Unter den Linden vorüber – von fünf nach sieben ab bin ich vor Erregung nicht mehr imstande, einen Gast zu bedienen – heute wurde es ein viertel acht – Sie begreifen, ich wurde unruhig – es wurde halb – da hielt's mich nicht mehr – und da bin ich!«

»Und Ihre Gäste?«

»Die werden die getrüffelte Poularde nun vermutlich kalt essen müssen.«

»Und Ihre Stellung?«

»Die werde ich wohl los sein.«

»Und unsere Verlobung?«

»Pina!«

»Sie sind ein leichtsinniger Mensch!«

»Ich liebe Sie!«

»Und das sagen Sie mir hier vor einem Dutzend nackter Damen – und ohne Stellung.«

»Ich sehe nur Sie!«

Komtess Olga war die Treppe heruntergestiegen und stand jetzt neben den beiden.

»Vielleicht, dass es sich auch lohnt, einen Blick auf mich zu werfen, Baron Dubois!«

Curt wandte sich blitzschnell um – wie ein Kreisel, der nicht zum Stehen kam.

»Komtess Olga!«, rief er und stand mit einer halben Drehung auch schon wieder vor Pina, die mit geschlossenen Augen wiederholte:

»Ein Baron sind Sie?«

Aber da kehrte Curt ihr auch schon wieder den Rücken.

»Einen Kellner also hat die russische Revolution aus Ihnen gemacht?«, fragte Olga.

»Und aus Ihnen eine Vorführdame?«, erwiderte er.

Komtess Olga ging darauf ein. Sie vergaß, dass sie beim Film war. Sie fühlte sich als Operettenstar. Etwa im zweiten Akt, wenn die große Liebesszene zu dem Duett, dem großen Schlager, führt. Also leitete sie über:

»Denken Sie noch an die schönen Tage in Petrograd?«

»Und an die Nächte!«

»Die wilde Tscherkessenkapelle!«

»Die noch wilderen Tänze!«

»Baron!«

»Komtess!«

Er trat nahe an sie heran und überreichte ihr den Veilchenstrauß.

Pina suchte die Szene zu schmeißen. Sie zupfte ihn am Arm und sagte:

»Curt, die Blumen waren für mich bestimmt.«

Aber Curt, ganz dem Spiele hingegeben, gab herzlos zur Antwort:

»An den Flügel, Pina!«

Und Pina wankte zum Flügel, der sonst nur zu den Modetees benutzt wurde. Sie spielte das Tscherkessenlied, das Curt, der Kellner, sie gelehrt hatte.

Die beiden auf der Treppe tanzten so leidenschaftlich, dass es die nackten Vorführdamen mitriss.

Der Lärm zu einer Zeit, zu der sonst das weibliche Personal sich längst außerhalb des Geschäftes vergnügte, rief den Chef der Firma Garis Sons, der in der oberen Etage wohnte, auf den Plan. Er erschien plötzlich im Hausjackett, den letzten Happen seines Abendessens noch im Munde, auf der Estrade und rief herunter:

»Sie veranstalten hier ohne meine Erlaubnis eine Nacktvorstellung?«

Totenstille trat ein. Pina trat vom Flügel weg.

Olga rief zu dem Chef hinauf:

»Von der Art, in der Mannequins Kleider vorführen, lasse ich mich nicht bluffen. Ich befahl daher, mir die Abendkleider, die ich zu kaufen gedenke, beim Tanze vorzuführen.«

Der Chef von Garis Sons, obschon er weder jung noch schlank war, stürzte die Treppe hinunter und verbeugte sich tief vor Komtess Olga. Dann wandte er sich an Curt, von dem wir nun wissen, dass er ein in Russland um sein Vermögen gekommener Baron war, der sich in Berlin als Kellner durchschlug, und sagte:

»Der Herr Gemahl vermutlich?«

Komtess Olga schüttelte lächelnd den Kopf und sagte:

»Nein! Mein Toilettenanwalt! Meine Freundinnen und ich kaufen kein Stück, weder Kleider noch Mäntel, noch Hüte, ohne ihn. Ein Haus, das ihn als Modeanwalt hätte, brauchte keine Konkurrenz zu fürchten.«

Der Chef von Garis Sons überzeugte sich von den Ein-
käufen der Komtess und fragte:

»Und Sie wären geneigt, ihn abzutreten?«

»Für ein paar Monate – während ich auf Reisen bin.«

Der Chef wandte sich an Curt und fragte:

»Ihre Gehaltsansprüche ?«

»Tausend Mark im Monat und zwei Prozent vom Umsatz.«

»Herr, das ist ...«

»Wenn es Ihnen zu viel ist,« fiel ihm die Komtess ins
Wort, »so geht er nebenan zur Gerstel, die zahlt gern das
Doppelte.«

»Aber nein!«, widersprach der Chef. »Sie sind engagiert« – und auf den Stoß von Kleidern weisend, die sich
die Komtess ausgesucht hatte, fragte er: »Gehört das
auch schon zum Umsatz?«

»Selbstverständlich!«, erwiderte sie. Ich hätte nicht ein
Stück von dem gekauft, wenn er mir nicht zugeredet
hätte.«

Der Chef rechnete zusammen. – Pina, die jetzt dicht
neben Curt stand, sagte leise:

»Was bedeutet das alles? Ich verstehe kein Wort.«

»Dass die Verlobung stattfinden kann, da der Baron
wieder eine Stellung hat«, erwiderte die Komtess. – »So
helfen wir Russen einander in der Fremde!«

Der Chef hatte addiert. Der Schweiß stand ihm auf der
Stirne. Es war eine Summe, die zu nennen er kaum wagte. Komtess Olga hatte das Scheckbuch aus der Tasche

gezogen. Der Chef sah: Amerikanische Schecks. Das belebte seinen Mut. Aber statt ihr die Summe zu nennen, zog er es doch vor, zu Curt, dem Baron, zu sagen:

»Ihr Anteil beträgt neunhundert Mark.« – Woraufhin die Komtesse einen Scheck über 45 000 Mark ausschrieb. Auf Pina weisend, sagte sie:

»Und die Kleine verdient auch etwas. Die Ladentür war verschlossen, und ich wollte gerade umkehren, als sie mich ganz keck ansprach und mit sanftem Zwang in Ihren Modesalon komplimentierte.«

Der Chef erhöhte ihr das Gehalt und geleitete die Komtess persönlich an ihr Auto. Die Vorführdamen bildeten Spalier, während Curt den Wagenschlag öffnete.

»Adlon!«, rief sie dem Chauffeur zu, stieg ein, beugte sich aber gleich darauf aus dem Fenster und sagte:

»Da hätte ich ja beinahe vergessen ...« – und reichte Pina Jeff die Veilchen.

Die küsste ihr die Hand und erwiderte dankend:

»Komtess denken aber auch an alles!«

Fünftes Kapitel.

Paul G. Olem, einer der reichsten Pflanzer auf Sumatra, trug dem Temperament seiner Tochter Djojo in einer Weise Rechnung, die man in Europa nicht verstehen würde. Nicht aus Schwäche oder einer Art blinder Liebe geschah das. Paul G. Olem war ein energischer und gescheiter Mann, der wusste, dass er sich auf die Klugheit seiner Tochter verlassen konnte. Aber er trug den Verhältnissen, unter denen sie auf ihren Plantagen zu leben gezwungen waren, weitestgehende Rechnung. – Djojo war als Kind eines portugiesischen Kaufmanns und einer englischen Mutter in Shanghai geboren, auf einer Pflanzung bei Ringa unter den Einheimischen aufgewachsen und abwechselnd von englischen und deutschen Gouvernanten, die das Klima, die Lebensgewohnheiten und wohl auch Djojo's Temperament niemals lange aushielten, erzogen worden. Jagd und Ponys interessierten sie aber von frühester Kindheit weit mehr als deutsche Gründlichkeit und englischer Cant, den ihre Gouvernanten ihr beizubringen suchten. Sie sprach malayisch, holländisch, englisch und deutsch, sogar ein wenig japanisch – und war ihres frohen Wesens wegen der Liebling von Arbeitern und Pflanzern, Fremden und Eingeborenen. –

Als Djojo aus der Stadt kam und ihrem Vater erklärte: »Ihr habt von Max Sülstorff Söhne in Hamburg Geld zu bekommen, wie mir Dieferle sagt, und ihnen die Lieferungen gesperrt. Lass mich nach Europa fahren und feststellen, ob es keine Möglichkeiten gibt, sich zu verständigen,« da stutzte Paul G. Olem und fragte:

»Welches Interesse hast du an Max Sülstorff Söhne in Hamburg? Wir können auch ohne sie bestehen.«

»Aber sie nicht ohne uns.«

Djojo zeigte ihrem Vater das Bild Harrys in »The Newyorker«.

»Du kennst ihn?«, fragte er.

»Ich muss ihn kennenlernen.«

»Das Geschäftliche ist also nur ein Vorwand.«

»Ja und nein! Denn eins hängt mit dem andern zusammen.«

»Ich habe nichts gegen eine Reise nach Europa. Die Familie deiner Mutter schreibt alle paar Monate, warum ich dich nicht einmal nach London schicke. Fahre! Und wenn du willst, fahre über Hamburg. Du bist ein kluger Mensch. Ich gebe dir Vollmacht. Handle, aber verlieb dich nicht!«

Djojo flog ihrem Vater an den Hals. Dann stürzte sie ans Telefon und ließ sich mit der Straits Steamship Co. verbinden. Schon am Abend des übernächsten Tages fuhr sie in Begleitung zweier malayischer Dienerinnen und des Sekretärs Dieferle, ohne den ihr Vater sie nicht reisen ließ, nach Delhi, von da nach Belavan und mit einem Dampfer des Lloyd Triestino am nächsten Morgen nach Penang.

Dieferle war glücklich, sie begleiten zu dürfen und war fest entschlossen, sich ihr bei geeigneter Gelegenheit zu erklären. Dazu bot eine Seereise von mehrwöchentlicher Dauer die beste Gelegenheit. Da sie in Penang das Schiff wechselten und nach ihrer Abfahrt beinahe ein halber Tag verging, bis sie sich auf den Steamer der Lloyd Triestino einschiffen konnten, so rechnete Dieferle bestimmt damit, dass Djojo sich ein Auto nehmen oder in der Drahtseilbahn nach den Penang Hills fahren werde. Wie oft hatte sie daheim inmitten der schönsten Vegetation von der Pracht gerade dieses Stücks Erde gesprochen, neben der selbst Sumatras Schönheit verblasste. Diese Fülle von fächerförmigen Ravenalen, Amherstien mit roten Blütentrauben, Farnbäumen, riesigen Feigen und anderen Laubbäumen, Areka und Kitulpalmen und zypressenartigen Koniferen fand man wie von Künstlerhand angeordnet in dieser Schönheit und Fülle auf der ganzen Welt nicht wieder.

Aber Dieferle irrte sich. Auch die Beschäftigung mit den Geschäftsbüchern und Korrespondenzen, die ihr der alte Paul G. Olem mitgegeben hatte und aus denen sie sich für die Verhandlungen in Hamburg informieren sollte, lehnte sie ab und sagte:

»Wir werden wochenlang unterwegs sein. Ich sage Ihnen daher ein für alle Mal: Belästigen Sie mich nicht mit geschäftlichen Dingen. Ob die Schulden der Hamburger Firma hundert Pfund oder hunderttausend Pfund betragen, bleibt sich völlig gleich. Max Sülstorff Söhne wird saniert. Auf alle Fälle! Denn Sie glauben doch nicht, dass das Haus Paul G. Olem seinen Schwiegersohn in Konkurs gehen lässt?«

»Schwie–ger–sohn?«, wiederholte Dieferle. Aber sie ließ ihm keine Zeit zu vielen Fragen.

Sie waren eben in Penang vom Schiff gestiegen, da sagte Djojo:

»Kümmern Sie sich um das Gepäck und sorgen Sie dafür, dass die Mädchen zu essen bekommen. Wir treffen uns zum Tiffin im Eastern Hotel. Ich gehe schnell zur Post und telegrafiere.«

»Sie wollen dem Herrn Papa Ihre glückliche Ankunft melden?«

»Nach der kurzen Fahrt? Da müsste ich ja von jedem Hafen aus telegrafieren. Keine Spur! Ich telegrafiere an meinen Verlobten. Das gehört sich so.«

»Ver- Ver-«

»-lobten«, wiederholte Djojo. »Herrn Harry Sülstorff, Hamburg. - Glauben Sie, dass die Adresse genügt?« - Und ehe er sich soweit in der Gewalt hatte, um eine Antwort zu geben, fuhr sie fort: »Ich werde doch lieber hinzusetzen: in Firma Max Sülstorff Söhne«.

Dieferle hatte noch immer nicht seine Sprache wiedergefunden.

»A ... aber ... Miss Djojo ... sind doch ... noch gar nicht verlobt.«

»Natürlich bin ich's! Jedenfalls fühle ich mich so. - Machen Sie kein so dummes Gesicht! Vorwärts! Und lassen Sie mich im Eastern nicht warten!«

Sie stieg in ein Auto, fuhr zur Post und gab ein Telegramm folgenden Inhalts auf:

»Harry   Sülstorff
in   Firma   Max   Sülstorff   Söhne
Hamburg.

Falls Sie annähernd so sind, wie ich Sie mir nach dem Bilde in The Newyorker äußerlich und als Menschen vorstelle, halte ich hiermit um Ihre Hand an. Ich treffe auf der »Venezia« am 11. April in Triest ein und fahre von dort mit dem nächsten Zuge nach Berlin. Welche Heiratspläne Sie immer haben mögen, bitte, tun Sie keinen entscheidenden Schritt, bevor Sie mit mir gesprochen haben. Unser Schiff ist am 21. März in Colombo, wo ich hoffentlich ein Telegramm von Ihnen vorfinde. Shake hands Djojo, Tochter von Paul G. Olem, Sumatra.«

Vom Postamt aus fuhr Djojo zu einem Geschäftsfreund ihres Vaters, dem reichen Chinesen Lin Chien, der von Paul G. Olem Tabak und Pfeffer bezog. Er bewohnte, wie viele der achtzigtausend in Penang wohnenden reichen Chinesen eine schlossartige, mit einem großen Park umgebene Villa neben dem chinesischen Club und sah gerade dem Training seiner Rennpferde zu. Djojo lächelte den Dienern, die sich tief verbeugten, freundlich zu und lief, statt in die Villa zu gehen, auf den weiten Rasenplatz. Der hohe, schlanke Chinese, der es in seinem Äußeren und seinen Manieren mit jedem englischen Lord aufnahm, kam ihr entgegen. Es war eine äußerst herzliche Begrüßung. Djojo musterte die Pferde und ließ es sich nicht nehmen, mit ein paar Stalljungen ein Match über vierhundert Meter zu reiten, das sie nach einem scharfen Finish um einen Kopf herausritt. Dann nahm sie den Chinesen mit zum Tiffin ins Eastern-Hotel und schiffte sich am Nachmittag mit Dieferle und den beiden malayischen Dienerinnen auf dem italienischen Steamer ein.

Auf der »Venezia«, die, aus Moji kommend, schon wochenlang unterwegs war, herrschte das übliche Leben. Meistens waren es in Shanghai an Bord gekommene Italiener und Franzosen, die nach Europa fuhren. – Auch eine weniger hübsche, aparte und ausgelassene Djojo hätte auf diesem wie auf jedem andern Asiensteamer im Augenblick, in dem sie an Bord kam, im Mittelpunkt des Interesses gestanden. – Wer die Tropen kennt, weiß, wie selbst bei gesitteten Menschen im Bereich gewisser Breitegrade die zarten Bande keuscher Scham und Wohlerzogenheit zart und immer zarter werden, bis sie schließlich gänzlich schwinden. Bei vierzig Grad des Nachts schließt niemand mehr das Fenster oder die Kabine, und das Deckbett erhebt auf zweckmäßige Verwendung längst keinen Anspruch mehr. Am Tage ermöglicht es das an Bord kunstvoll errichtete Schwimmbad, die bastseidenen Kleider mit Badehöschen zu vertauschen, sodass zum Mindesten die äußerlichen Merkmale der Zivilisation der weißen Rasse gegenüber der schwarzen – die gelbe Rasse wahrt sie auch hier noch – verschwinden. Über das Schwinden anderer Merkmale breiten wir taktvolles Schweigen und begnügen uns mit der Feststellung, dass Miss Djojo den an Bord befindlichen europäischen Kavalieren gegenüber sehr viel mehr Distanz wahrte als gegenüber den Eingeborenen in Sumatra, die aber auch weit, weit zurückhaltender und beherrschter waren.

»Ich komme mir vor wie in einem schwimmenden Gefängnis«, sagte sie. »Diese Unmöglichkeit, sich frei zu bewegen! Überall stößt man auf Menschen, die einem den Weg versperren, ohne dass man die Möglichkeit hat, davonzulaufen. Ich empfinde das Schiff wie eine einzige große Zelle und fühle immer das Bedürfnis, auszubrechen. Wissen Sie, dass ich Tag und Nacht das Gefühl habe, ich möchte davonlaufen, frei sein und – da es eine andre Freiheit ja nicht gibt – ins Meer springen?«

Aber die männlichen Passagiere verstanden sie nicht oder wollten sie nicht verstehen. Nicht nur, dass sie ihr auf Schritt und Tritt folgten und selbst den Damensalon als Zufluchtsort nicht respektierten – darüber hinaus schien stillschweigend unter ihnen ein Concours um diese Frau vereinbart. Jedenfalls wurden unter den Djojo nicht freundlich gesinnten weiblichen Passagieren Wetten gelegt. Es gab Favoriten und Außenseiter, und fast an jedem Morgen hieß es, dass einer der Favoriten das Ziel erreicht habe, bis der wachsame Obersteward sich dafür verbürgte, dass Djojo auch diesmal wieder jede Offensive siegreich abgeschlagen habe. Schließlich aber beschwerte sich Djojo bei dem Kapitän.

»Es ist nicht meine Art, fremde Hilfe in Anspruch zu nehmen – Männern gegenüber schon gar nicht. Aber ich möchte in Ihrem Interesse einen Skandal vermeiden. Sonst hätte ich den Einen oder den Andern schon längst verprügelt. Ich habe das bisher nicht getan – schon weil ich den Übrigen, die nicht besser sind, das Vergnügen nicht gönne.«

Der Kapitän gab sich Mühe, ernst zu bleiben.

»Aber Sie haben doch verschiedentlich ...«

»... geohrfeigt,« fiel ihm Djojo ins Wort. »Nennen Sie das prügeln? Lassen Sie sich von Mister Dieferle erzählen, wie ein Mann aussieht, den ich zwischen meinen Händen hatte.«

»Man sieht es Ihnen nicht an«, erwiderte der Kapitän und benutzte die Gelegenheit, Djojos Hände zu fassen und zu betrachten. »Sie sind klein, weiß, schmal und gepflegt.«

»Aber kräftig!«, sagte Djojo und entzog ihm die Hände mit einem gewaltigen Ruck. »Ich bitte Sie also im Interesse der Ruhe auf dem Schiff dafür zu sorgen, dass ich unbelästigt bleibe. Ich wehre mich von heute ab und garantiere Ihnen, dass ich jeden männlichen Passagier, der sich zwischen elf Uhr abends und acht Uhr früh an meiner Kabinentür sehen lässt, so zurichte, dass er bei seiner Ankunft in Triest mit einer Tragbahre an Land gebracht werden muss.«

Die Folge dieses Protestes war ein Anschlag an die Tür des Speisesaals folgenden Wortlauts:

»An die Herren Passagiere!

Eine Dame der ersten Klasse führt Beschwerde über das aufdringliche Benehmen mehrerer Passagiere der gleichen Klasse. Sollte ab heute eine derartige Beschwerde von mir als berechtigt befunden werden, so hat der betreffende Passagier zu gewärtigen, dass ich ihn aufgrund meiner Rechte am nächsten Hafen an Land setze und von der Weiterreise ausschließe.

Der Kapitän.«

»Bravo!«, riefen die Herren, denen es galt, als sie den Anschlag lasen, und die Damen tuschelten:

»Sie macht sich wichtig! Man hofiert sie noch nicht genug.«

Ein Passagier nach dem andern erbot sich, Djojo gegen jede Aufdringlichkeit zu schützen. Jedem sagte sie:

»Ja haben Sie denn nicht gemerkt, dass gerade Sie damit gemeint sind?«

Sie beteuerten der Reihe nach, dass es sich für sie um keine der üblichen Eskapaden handle, dass sie hofften, bis Genua, ja vielleicht schon in Port Said oder Colombo, sie von dem Ernst ihrer Absichten überzeugt zu haben – sie stellten den Augenblick, wo sie vor sie hintreten und um ihre Hand anhalten würden, so überzeugend in

Aussicht – auch dann noch, als Djojo ihnen zuredete und meinte:

»Wenn wir die Sonne Indiens hinter uns haben, werden sich Ihre Gefühle abkühlen,« – dass sie schließlich zum Selbstschutz griff, sie alle zusammenrief, den erstaunten Dieferle bei der Hand nahm und erklärte:

»Meine lieben Freunde! Ich habe mich soeben mit dem Privatsekretär meines Vaters, Herrn Dieferle aus Medan, verlobt.«

Dieferle wankte in den Knien. Aber auch die Passagiere, die ihre Hoffnungen auf dem Meere in der Richtung Sumatra hin fortschwimmen sahen, erblassten. Sie verstummten zum ersten Male, und als Djojo ihnen zurief: »Wollen Sie mir denn nicht gratulieren?«, nickten sie nur mit den Köpfen – ein paar Beherzte sagten: »Gewiss! Gewiss!« – dann verbeugten sie sich und zogen sich in ihre Kabinen zurück.

Dieferle wuchs neben Djojo empor. Er schien sie jetzt um Haupteslänge zu überragen. Seine Augen glänzten und der Charakter des Halfkast trat noch deutlicher hervor:

»Djojo!«, rief er. »Ist es denn wahr? Du willst ...«

Djojo lächelte, strich mit ihrer weißen Hand über sein welliges Haar und sagte:

»Sie lieber Idiot! Das gilt natürlich nur für die Dauer der Seefahrt.«

Dieferle sank wieder zusammen. Der Glanz aus seinen Augen schwand.

»Schade!«, flüsterte er vor sich hin. Dann flackerten die Augen noch einmal auf: »Aber bis Triest, da darf ich ...?«, fragte er hoffnungsvoll.

»Mir gelegentlich die Hand küssen. Aber nur in Gegenwart von andern und höchstens zweimal am Tage.«

»Ich bin Mohammed für alles dankbar,« erwiderte Dieferle, – und da in diesem Augenblick gerade ein paar Passagiere vorüberkamen, so schloss er die Augen, nahm Djojos Hand und führte sie zum Munde.

Djojo lächelte allerliebst – die Damen rissen die Augen auf, und als sie ein paar Schritte weiter waren, sagten sie:

»Unerhört, diese Person! Man sollte zum Kapitän gehen und sich beschweren.«

»Sumatra!«, erwiderte die Andere. »Sie ist gewöhnt, sich unter Wilden zu bewegen.«

Sechstes Kapitel.

Bei Paul G. Olem hatte sich kurz vor Djojos Abreise Folgendes ereignet:

Wie aus der Erde geschossen, stand plötzlich ein hoch aufgeschossener Amerikaner vor ihm.

»Wie kommen Sie hierher?«, fragte Paul G. Olem. »Wer hat Sie hereingelassen?«

»Wenn ich abwarten wollte, bis hohe Herren geruhen, mir Audienz zu erteilen, käme ich wie die Polizei immer einen Posttag zu spät. Das Geheimnis meiner Erfolge ist, stets einen Tag, bevor sich etwas ereignet, da zu sein.«

»Jetzt erkenne ich Sie! Jan Ning-Holl, dessen Lieblingssport es ist, den Amerikanern die Überflüssigkeit ihrer Polizei nachzuweisen.«

»Die Polizei hat sich nur in der Verfolgung begangener Verbrechen bewährt. Mein Prinzip ist es, dem Verbrechen vorzubeugen. Damit wird die Polizei allerdings eine überflüssige Behörde.«

»Um mir das zu erzählen, sind Sie vermutlich nicht aus St. Franzisko nach Sumatra gekommen.«

»Sogar im Flugzeug. Auf eigenes Risiko – und obschon mich zu Haus dringende Geschäfte erwarten.«

»Sind Sie einem Aufruhr auf meinen Plantagen auf die Spur gekommen?«

»Da die Zivilisation noch nicht bis zu Ihrer Bevölkerung vorgedrungen ist, haben Sie nichts zu befürchten und brauchen daher auch keine Polizei.«

»Diese scharfsinnige Beobachtung trifft ins Schwarze. Aber sie macht mir Ihr Erscheinen noch unerklärlicher.«

»Ihre Tochter reist nach Europa.«

»Und?«

»Sie werden nicht leugnen, dass Europa ein Muster der Zivilisation ist. Sie wird dort also mancherlei Gefahren ausgesetzt sein – die durch den Eifer und die komplizierte Denkmethode der europäischen Polizei wesentlich erhöht wird.«

»Ich verstehe! Sie wollen Geld verdienen.«

»Ich will, dass Sie Ihre Tochter von dem Augenblick an, wo sie europäischen Boden, also ihr Schiff betritt, für die Dauer ihrer Reise unter meinen Schutz stellen.«

»Wo es keine Möglichkeit zur Flucht gibt, gibt es auch kein Verbrechen. Nirgends ist daher die persönliche Sicherheit mehr gewährleistet als auf dem Meer.«

»Ich kann Ihnen verraten; dass es Banditen gibt, die sämtliche Passagierlisten der befahrenen Strecken genau studieren und auf einer Fahrt von Penang bis Triest mehr Beute machen, als die Bananenladung eines Viertausendtonnenschiffs wert ist.«

»Dazu müssten sie sämtliche Passagiere ausrauben.«

»Im vorliegenden Falle genügt es vielleicht, der Kabine Ihres Fräulein Tochter einen Besuch abzustatten.«

»Wie kommen Sie darauf?«

»Ich sagte Ihnen bereits, dass wir nicht, wie die Polizei, *nach* einem Einbruch ein Verzeichnis der gestohlenen Gegenstände anlegen, – sondern *vorher!* Wir führen Listen über die Vermögensstücke von mehr als elfhundert Multimillionären, die, ohne es zu wissen, von unsern Angestellten bewacht werden. Wir inszenieren keine Diebstähle, denn das wäre strafbar, aber wir verhindern sie auch nicht. Bevor die Polizei benachrichtigt ist oder der Betroffene überhaupt etwas davon merkt, dass er bestohlen worden ist, sind wir schon hinter den Dieben her. Diesem Vorsprung verdankt Jan Ning-Holl seine Welterfolge.«

»Wenn Sie uns ohne unser Wissen aus Geschäftsinteresse bewachen, sehe ich nicht ein, warum ich Sie noch ausdrücklich mit der Bewachung meiner Tochter betrauen soll.«

»Wenn wir auch in allen Verkehrszentren unsere Agenten haben – soviel wirft das Geschäft nicht ab, um Einzelpersonen auf wochenlangen Seereisen kostenlos zu bewachen.«

»Wenn ich Ihnen verrate, dass ich meiner Tochter zu ihrem persönlichen Schutz meinen Sekretär Dieferle und zwei malayische Dienerinnen mitgab ...«

»... so erlaube ich mir zu erwidern, dass diese auffällige Reisegesellschaft die Sicherheit Ihres Fräulein Tochter eher gefährdet als verbürgt.«

»Was gilt die Wette, dass ihr nichts geschieht?«

»Da ich in dieser Wette die Möglichkeit einer Weltreklame für Jan Ning-Holl erblicke, halte ich jede Summe.«

»Zehntausend Pfund?«

»Einverstanden.«

Paul G. Olem und Jan Ning-Holl reichten sich die Hände.

»Das ist ein Gentlemanabkommen«, sagte Holl. »Ich würde nun gern auch noch ein Geschäft mit Ihnen machen.«

»Welcher Art sollte das sein?«

»Dass Sie Ihr Fräulein Tochter wenigstens während ihres Aufenthaltes in Berlin unter den Schutz meines dortigen Vertrauensmannes stellen.«

»Von welcher Seite aus könnte ihr in Berlin Gefahr drohen?«

»Deutschland ist ein politisch erhitztes Land.«

»Meine Tochter reist aus geschäftlichen und rein persönlichen Gründen.«

»Ich weiß: Liebe und Bananen!«

»Allerdings!«

»In den Augen einer Polizei, die hinter jedem Ei, das eine Henne legt, eine Gefahr wittert, können Liebe und Bananen hochpolitische Bedeutung bekommen.«

Paul G. Olem sprang auf und sagte:

»Sie belieben zu scherzen, Mister Holl!«

Jan Ning-Holl verbeugte sich und sagte:

»Ich habe einen schlechten Tag heute. Vor ein paar Stunden hat mir der Kapitän Habel, der, wie Sie wissen, einen Rekordflug nach Europa unternimmt, die ihm angetragene Bewachung mit der Begründung abgelehnt: In der Luft wäre ein Überfall von Indianern und Tigern nicht gerade wahrscheinlich.«

»Sehr wahr und vernünftig!«, erklärte Paul G. Olem.

»*Ich hoffe auch ihn zu überzeugen*«, erwiderte Jan Ning-Holl, verbeugte sich und ging.

Siebentes Kapitel.

Zur gleichen Zeit, zu der Djojo in Penang auf das Schiff stieg und der schöne Harry sich in Hamburg für die Reise nach Sumatra bei seinem Schneider den weißen Smoking anpassen ließ, saß im Norden Berlins Frau Frida Pika, verwitwete Jeff, in dem kleinen Wohnzimmer, das unmittelbar an den Obstladen ihres Mannes stieß.

Es war ihre zweite Ehe – die so ganz anders als die erste war. Der Artist Pino Jeff war ihr erster Mann gewesen. In dem Zirkus Amstrong, der die halbe Welt bereiste, hatte sie Abend für Abend, zehn Jahre lang, in der ersten Reihe des Zirkus gesessen und mit bebendem Herzen die halsbrecherische Nummer ihres Mannes mit erlebt. Und nachdem sie so allabendlich eine Viertelstunde lang Todesqualen ausgestanden hatte, war sie allmählich daran gewöhnt, des Abends Angstzustände zu bekommen. Auch dann noch, als Pino Jeff eines Tages tödlich gestürzt und sie mit der sechsjährigen Pina, das Einzige, was er ihr hinterließ, allein zurückgeblieben war. Wie sie dann zu ihrem zweiten Manne, dem Obsthändler Hermann Pika, gekommen war, wusste sie selbst nicht recht. Der hatte ein gut gehendes Obstgeschäft im eigenen Hause. In dessen Quergebäude wohnte sie, die damals noch eine stattliche Frau war. Und eines Tages sagte Herr Pika, der alles andere als ein schöner Mann und so recht das Gegenteil des toten Pino Jeff war, zu Frau Frida:

»Sie sind mir seit drei Monaten die Miete, und ihre Tochter Pina ist mir für fünf Monate täglich drei Bananen schuldig. Das macht zusammen einhundertfünfundvierzig Mark und fünfzig Pfennige. Sie haben die Wahl, mich zu heiraten oder innerhalb acht Tagen exmittiert zu werden.«

Frau Frida Jeff, geborene Richard, stand vor einem schweren Entschluss. Der Mann gefiel ihr gar nicht. Aber ihre Nachbarin, mit der sie sich besprach, hatte schon recht, wenn sie sagte:

»Dafür, dass er nicht schön ist, riecht er umso besser; nach Äpfeln, Pfirsichen und Bananen. Wenn Sie, wie ich, einen Käsehändler zum Manne hätten, wüssten Sie, was das heißt.«

Sie hielt ihr das jüngste Kind unter die Nase:

»Da riechen Sie! Nach Steinbuscher und Harzer! Das wird sie ihr Lebtag nicht mehr los. Aber, wenn Sie den Pika heiraten, wird Ihre Tochter nach Pfirsichen und Bananen duften, und die Männer werden sich um sie reißen.«

Das mochte der Grund gewesen sein, aus dem sie sich entschlossen hatte und vom Quergebäude mit ihrer Tochter Pina nach vorn in den Laden gezogen war. – Und Pina hatte sich in dieser Atmosphäre wirklich zu einem Prachtexemplar entwickelt. Sie strahlte Frische aus und war zum Anbeißen. Aber auch ihr Kern war gut. Das Künstlerblut vom Vater her steckte zwar in ihr, und sie wäre für ihr Leben gern zum Theater oder zum Film gegangen. Aber da ihr Protektion fehlte, wurde sie Mannequin – immer mit dem Blick zu Höherem und in der Hoffnung, hier entdeckt und einer künstlerischen Laufbahn zugeführt zu werden.

So saß Frau Frida Pika, verwitwete Jeff, vor dem Tagebuch ihrer Tochter, und aus dem Laden nebenan zog der Duft frischen Obstes, obschon die Behälter zum größten Teile leer und das Lager beinahe geräumt war, ins Zimmer.

»Was die jungen Mädchen träumen«, dachte sie und erinnerte sich, wie sie selbst noch vor nicht langer Zeit sich aus diesem engen Raum und dem kleinen Laden herausgesehnt und sich in einen großen Obstpalast im Westen geträumt hatte. Auto nach Auto fuhr vor und ein elegantes Publikum füllte die weiten Räume. Ein Fahrstuhl führte in die oberen Etagen und der große Obstgarten, zu dem man über eine Terrasse vom Geschäft aus gelangte, glich einem modernen Paradies. Jazzorchester spielten und elegante Menschen tanzten unter den über und über mit Bananen behangenen Bäumen. Um den freien Platz in der Mitte saßen an gedeckten Tischen, von weiß gekleideten Mädchen bedient, Damen und Herren, aßen Obstkuchen und tranken Tee. Plötzlich mitten im Spiel hörte das Orchester auf, die Tänzer traten zur Seite, die Gäste an den Tischen erhoben sich und klatschten: Pina Jeff erschien in einem kostbaren Mantel, den ihr der Begleiter, der mindestens ein Prinz war, abnahm. In einem Pariser Modell stand sie da und verbeugte sich. Das Publikum klatschte. Der Prinz gab der Musik ein Zeichen. Sie setzte ein – und Pina Jeff tanzte mit ihrem Partner. Man jubelte ihr zu. –

Die von Pinas Tagebuch und dem Duft des Obstes angeregte Fantasie der Alten täuschte ihr dies Bild so deutlich vor, dass sie aufgestanden war, mit weit geöffneten Augen ins Leere starrte und lebhaft in die Hände klatschte.

In diese Stimmung hinein platzte der Ruf ihres Mannes:

»Pleite!«

Er hatte die Ladentür, durch die er getreten war, offen gelassen und stand wie ein Stückchen Unglück neben seiner vor Glück strahlenden Frau, die nur allmählich aus ihrem Paradiesgarten in die Wirklichkeit zurückfand. Sie sah zu ihm auf und sagte:

»Warum grad jetzt?«

Pika war nahe an sie herangetreten. Er reichte ihr einen Brief. Sie nahm ihn und las Wort für Wort, ohne den Sinn zu verstehen:

»Herrn   Max   Pika,
Berlin N.

Wir bedauern, Ihnen keine weiteren Kredite mehr bewilligen und nur noch gegen Kasse liefern zu können.
Auch müssen wir Sie ersuchen, Ihr bei uns auf 870 Mark
angewachsenes Konto innerhalb vierzehn Tagen abzu-
decken, da wir an unseren Exporteur Paul G. Olem auf
Sumatra größere Zahlungen zu leisten haben.

Hochachtungsvoll
Max   Sülstorff   Söhne
Hamburg–Berlin.«

Sie nickte und reichte ihm das Blatt zurück. Sie sah
wohl das verzweifelte Gesicht ihres Mannes und entnahm seinen Worten, die er mit großen Gesten begleitete, dass irgendetwas nicht in Ordnung war. Und halb
noch in ihren Gedanken befangen, erwiderte sie:

»Lass nur! Pina bringt schon alles in Ordnung.«

An etwas Bestimmtes dachte sie dabei nicht. Umso
mehr ihr Mann, dessen Gesicht sich glättete und der,
eben noch völlig verzweifelt, den Mund zu einem pfiffi-
gen Lächeln verzog, ganz dicht an seine Frau herantrat,
den Arm um ihre Schulter legte und sagte:

»Ich verstehe! Pina wird zu dem schönen Harry gehen
und für uns bitten.«

Das gab Frau Frida die Klarheit des Denkens wieder.
Sie trat von ihrem Mann weg und erklärte:

»Auf die Art, nein! Da wollen wir lieber hungern.«

»Aber ich nicht und deine Tochter, wie ich sie kenne,
auch nicht«, erwiderte der Alte wütend.

»Wenn du so sprichst, kennst du sie eben nicht.«

»Ein Mädchen, das so hübsch ist und sich so kleidet und pflegt.«

»Das bringt ihr Beruf als Mannequin mit sich.«

»Ein Mannequin ist kein Engel.«

»Aber ein anständiges Mädchen – wenigstens in diesem Fall.«

»Man kann auch mal eine Ausnahme machen – den Eltern zuliebe.«

»Das ist niederträchtig, was du da sagst.«

»Es wird nicht das erste Mal sein.«

»Dafür verbürg' ich mich.«

»Einer Mutter erzählt man es zuletzt.«

»Oder gar nicht – denn die sieht es von selbst.«

»Frag' sie doch!«

»Ich werde mein Kind nicht kränken.«

»Du machst es ihr leicht.«

»Weißt du etwas? Oder hat sie dir etwas erzählt?«

»Man spricht im ganzen Haus davon, wie sie sich anzieht und wo das wohl herkommt.«

»Aus dem Salon kommt's, in dem sie angestellt ist – da passen die rachitischen Gänse freilich nicht hinein, die in unsrer Gegend hier herumlaufen. Pina ist das Kind eines Künstlers. Man braucht sich nur ihren Gang anzusehen, um das zu wissen.«

»Was hat sie davon, wenn sie damit nichts anzufangen weiß? Wenn sie eine gute Tochter wäre, würde sie uns das Leben erleichtern.«

»Du willst, dass sie sich verkauft – und von dem Sündengeld möchtest du leben?«

»Einen Freund zu haben, der Geld hat, schändet nicht.«

In diesem Augenblick stürzte Pina ins Zimmer – in einer Stimmung, in der sie gar nicht wahrnahm, dass ihre Eltern im Streite lagen.«

»Denk dir, Mutti!«, begann sie und erzählte erhitzt und leidenschaftlich in allen Einzelheiten, was sich am Abend im Salon Garis Sons zugetragen hatte. Von der Gräfin Tschochenska und ihrem Rieseneinkauf, an dem sie mit einem Prozent beteiligt sei. Da die Gräfin aber nur auf ihr Zureden hin in den Salon gekommen sei, so habe ihr der Chef die Provision um hundert Mark erhöht.

»Und was wirst du mit dem Gelde anfangen?«, fragte Pika, der mit weit größerem Interesse der Erzählung gefolgt war.

Pina strahlte über das ganze Gesicht und sagte:

»Dafür kaufe ich mir den Fehmantel, den Garis aus Paris mitgebracht hat.«

»Da hast du's!«, sagte der Alte, zu seiner Frau gewandt. Die trat an Pina heran und fragte, beinahe ängstlich und offenbar mehr ihres Mannes wegen:

»Auch dann, wenn du hörst, dass Vater geschäftliche Sorgen hat?«

Pinas Fröhlichkeit bestand eine harte Probe. Mit einem ernsten Gesicht sagte sie:

»Dann natürlich nicht.«

Aber das genügte dem Alten nicht.

»Sondern, was wirst du mit dem Gelde tun?«, fragte er.

Pina sah die Mutter an. Die nickte – und so blieb ihr nichts anderes übrig, als zu erwidern:

»Ich werde es dir geben – falls ...« – sie unterbrach sich.

»Falls?«, fragte der Alte.

»Du es haben willst – und von mir annimmst.«

»Gern gibst du es nicht – das sehe ich dir an.«

»Wenn dir damit geholfen ist.«

»Und wenn nicht?«

»Dann – ja, dann bliebe es eben bei dem Fehpelz.«

»Ich verzichte auf deine Hilfe!«, sagte der Alte grob.

»Sie hat ganz recht,« nahm die Mutter sie in Schutz. »Ob du bei Sülstorffs achthundert Mark schuldig bist oder siebenhundert, das bleibt sich völlig gleich. Ob sie aber den Fehpelz hat oder nicht, das ist – schon ihren Kolleginnen gegenüber – für sie eine große Sache.«

»Gute Mama!«, flüsterte Pina und streichelte der Mutter die Wange.

»Den Freunden gegenüber am Ende auch,« reizte sie der Alte. Die Mutter erschrak, aber Pina gab die freimütige Antwort:

»Ich verbitte mir das! Ich habe nur *einen!*«

»Nur einen!«, rief triumphierend der Alte. »Ja, siehst du nun endlich, was du für eine tugendhafte Tochter hast.«

»Ja, wer ist denn das?«, fragte die Mutter entgeistert.

»Bis gestern war er Kellner in einem Hotel Unter den Linden ...«

»Kellner!« wiederholte der Alte und lachte laut auf.

»Seit heute Abend ist er Modeanwalt bei Garis Sons – und, was er mir verschwiegen hatte, ein Baron, der durch die russische Inflation um sein Vermögen gekommen ist.«

»Und wie bist du mit diesem – vermögenslosen Baron bekannt geworden?«, fragte der Vater.

»Ich war von einer Kundin in das Hotel bestellt und musste im Office warten, in dem er beschäftigt war. Er machte gar nicht den Eindruck eines Kellners, – und so kamen wir ins Gespräch – und dann haben wir ein paar Male miteinander Tee getrunken und getanzt.«

»Und was habt ihr sonst getan?«

»Nichts.«

»Und was werdet ihr tun?«

»Quäl sie doch nicht!« suchte die Mutter zu vermitteln.

»Uns verloben«, erwiderte Pina.

»Und das glaubst du, dass der Baron dich heiraten wird?«

»Sie spricht ja nur von verloben.«

»Heiraten natürlich auch.«

Der Alte lachte laut auf.

»Frag' ihn doch!« drängte Pina. »Er steht draußen. Ich wollte nämlich fragen, ob ich noch eine Stunde mit ihm fortgehen kann.«

Die Alte sah ihren Mann strahlend an. Der machte ein betroffenes Gesicht, trat an Pina heran, nahm ihre Hand und sagte:

»Ich habe dir unrecht getan. Aber so ist's im Leben. Wenn es anfängt, einem schlecht zu gehen, wird man ungerecht.«

Pina fuhr dem Alten durchs Haar und erwiderte:

»Vergeben, Vater! Und was deine Schulden betrifft, da muss Curt helfen.«

»Curt?«

»Ja, so heißt er, der Kellner, der Modeanwalt, der Baron! Ich spreche mit ihm! Siebenhundert Mark sind zwar viel Geld.«

»Achthundert,« berichtigte der Alte.

»Nein, siebenhundert!«, erwiderte Pina. »Denn auf den Mantel habe ich längst verzichtet.«

Sie küsste die Mutter, drückte dem Vater die Hand und lief zur Tür hinaus.

Die beiden sahen ihr nach, und der Alte sagte:

»Was für ein gutes Kind!«

Die Mutter lächelte und nickte mit dem Kopf.

Achtes Kapitel.

Als Komtess Olga von Tschochenska in ihr Hotel Unter den Linden zurückkehrte, wartete ihr Protektor, der reiche Deutsch-Amerikaner Albert Stein-Brück, schon stundenlang auf sie. Er saß in der Hotelbar und trank seinen elften Whisky. Mit Soda die ersten drei, die folgenden acht pur. Und da er niemanden hatte, mit dem er reden konnte, so verfiel er in Selbstbetrachtung.

»Die Zeit, die ich ein ganzes Jahr über mit Warten verbringe« – sagte er sich – »ist geringer als die Zeit, die mich diese Komtess einen einzigen Tag über warten lässt.«

Er sah nach der Uhr. Es war zehn vorüber. Er zog ein paar Karten für die Staatsoper aus der Tasche. Zwei Sitze in der Fremdenloge zum Rosenkavalier.

»Wann beginnt die Staatsoper?«, fragte er den Barkellner.

»Um siebeneinhalb.«

»Und wann ist sie zu Ende?«

Der Kellner sah nach dem Zettel an der Wand und erwiderte:

»Gegen zehn Uhr.«

Der Amerikaner fletschte ein »Ben« durch die Zähne und zerriss die Theaterkarten in kleine Stücke.

»Wann schließen die Geschäfte in Berlin?«, fragte er nach einer Weile und zwei weiterer Whisky.

»Um sieben, Sir.«

»Gibt es auch Geschäfte, die länger aufhalten?«

»Wenn Kundinnen zu bedienen sind, schon.«

»Aber doch nicht bis zehn Uhr?«

»Kaum.« –

Von der Halle her drang Lärm in die stille Bar. Der Amerikaner horchte auf. Die Stimme einer Frau, die er kannte. Gleich darauf ertönte ein lautes Poltern von Schachteln und Paketen, die zu Boden fielen.

»Das ist sie!«, sagte der Amerikaner und trank aus. – Gleich darauf rief laut eine Stimme:

»Albärt!«

Der Amerikaner schob ein paar Stühle zur Seite und stand auf. Im selben Augenblick erschien Komtess Olga, gefolgt von einer Schar junger Mädchen, die mit Kartons und Paketen beladen waren und am Eingang zur Bar stehen blieben.

»Schauen Sie her!«, rief Olga und ließ den Pelz herabgleiten, »wie gefällt Ihnen das Abendkleid?«

Es war ein Dekolleté, das nichts verbarg und selbst für eine Revue noch reichlich knapp war.

»Ich sehe nur Sie, Komtess«, erwiderte der Amerikaner. »Das Kleid befindet sich vermutlich noch in einem der Kartons.«

»Albärt, Sie sind ein Schaf!«, sagte Olga und präsentierte ihren weißen Rücken.

»Noch weniger aber noch vorteilhafter,« entschied der Amerikaner, »aber wovon leben die Fabrikanten, die den Stoff liefern?«

»Das will ich Ihnen zeigen« – und zu den Mädchen gewandt rief sie: »Packen Sie aus!«

In wenigen Sekunden war die Bar in einen Modesalon verwandelt.

»Entscheiden Sie! Welches Kleid soll ich für die Oper anziehen?«

»Die ist bereits seit einer halben Stunde zu Ende.«

»Warum haben Sie mir das nicht gesagt, dann hätte ich mich beeilt? Dazu probiere ich stundenlang an, um Ihnen zu gefallen, und wenn ich dann abgehetzt ins Hotel komme, erklären Sie mir, es ist zu spät.«

»Richard Strauß hat die Oper leider nicht länger gemacht.«

»Dann hätten Sie Billetts für die Meistersinger nehmen sollen, die dauern bis zwölf.«

»Ich habe leider keinen Einfluss auf das Repertoire der Staatsoper.«

»Sie könnten ihn aber haben und hätten ihn auch, wenn Sie auf mich Rücksicht nähmen. So ein Intendant lässt mit sich reden. Sie konnten sich doch denken, wenn ich zum Schneider gehe, dass ich nicht um sieben zurück sein kann. Zu den Meistersingern wären wir gerade noch zurechtgekommen.«

»Sie werden hungrig sein, ich habe bei Pelzer drüben ein Souper bestellt.«

»Ich gehe nicht zu Pelzer.«

»Wo wünschen Sie, dass wir essen?«

»Sind Sie zu einem Spaß aufgelegt?«

»Mit Ihnen selbstverständlich.«

»Also gehen wir in die Winzerstuben.«

»Darf ich fragen, wer Ihnen das empfohlen hat?«

»Ein Mannequin von Garis Sons.«

»Ein Mannequin?«

»Ja! Ein ganz reizendes sogar, das heute Abend dort mit einem Kellner dieses Hotels Verlobung feiert.«

»Und - da wollen Sie - doch nicht etwa mitfeiern?«

»Natürlich will ich und werde ich - und Sie werden auch - vorausgesetzt, dass es den Beiden recht ist.«

»Das ist eine ganz ulkige Idee.«

Der Mixer an der Bar wagte, ganz bescheiden zu bemerken:

»Darf ich die Herrschaften darauf aufmerksam machen, dass die Winzerstuben ...«

»ein Lokal für kleine Verhältnisse sind,« fiel ihm Komtess Olga ins Wort. »Gerade deshalb gehen wir hin.«

Der Mixer trat einen Schritt zurück, machte ein dummes Gesicht und schwieg.

»Also los!«, sagte Olga. »Ich habe einen Bärenappetit und einen noch größeren Durst.«

»Und Sie meinen, dass Sie in diesem Aufzug ...?«, wandte der Amerikaner ein.

Komtess Olga hatte den Pelz schon wieder an.

»Geben Sie den Damen zu essen und zu trinken!«, rief sie dem Kellner zu. »Sie sind meinetwegen drei Stunden länger im Geschäft geblieben!«

Albert verstand, zog die Brieftasche heraus und bezahlte sein Warten, indem er jeder der jungen Damen einen Hundertmarkschein gab.

Dann stiegen sie in den Duesenberger, den der Amerikaner mitgebracht und Komtess Olga zur Verfügung gestellt hatte, und fuhren die Friedrichstraße hinunter zu den Winzerstuben.

Die ersten Schwierigkeiten ergaben sich bereits beim Eintritt in das Lokal. Man wollte sie nötigen, die Garderobe abzugeben, und es bedurfte der Intervention des Geschäftsführers, dass Olga ihren kostbaren Hermelinmantel mit in den Saal nehmen durfte. Hier saßen an kleinen Tischen, die kaum einen Durchgang ließen, ein paar Hundert Menschen und sangen zu den Klängen einer überaus lauten Kapelle alte deutsche Studentenlieder. Fast an jedem Tische saßen zwei Pärchen – scharf voneinander getrennt und jedes Paar wieder unter sich Hand in Hand so dicht beieinander, dass sie sich mit den Knien berührten, was nicht etwa auf Mangel an Platz zurückzuführen war. Auf den meisten Tischen standen Pokale mit Pfirsichbowle – vereinzelt sah man Kübel mit Mosel- und Rheinweinflaschen.

Als Komtess Olga, den Hermelin über die eine Schulter gelegt, mit dem befrackten Amerikaner den Saal, in den sie in diesem Aufzug ganz und gar nicht, hineinpassten, betrat, brach wie auf ein Zeichen plötzlich der Gesang ab. Die Frauen, meist junge Geschäftsmädchen, zogen Hand und Füße von ihren Kavalieren zurück und staunten das seltene Paar an, während die Herren, meist Studenten und ehemalige Offiziere, sich durch diese Ablenkung in ihrer Offensive zurückgeworfen sahen und ihren Ärger durch laute höhnische Rufe zum Ausdruck brachten. Ja, ein paar besonders mutige Kavaliere standen sogar auf und versperrten den beiden den Weg.

»Albärt, boxen!«, kommandierte die Komtess, und der Amerikaner holte eben zu einem rechten Kinnhaken aus, als am Ende des Saales Fräulein Pina Jeff, das Mannequin, auf einen Tisch stieg und mit lauter Stimme in den Saal rief:

»Idioten!«

Da jeder sich getroffen fühlte, war es im selben Augenblick mäuschenstill. Aber so überzeugend der Ausruf war – Pina besaß Instinkt genug, um zu wissen, dass es mit dieser Feststellung allein nicht getan war. So fuhr sie denn fort:

»Seht ihr denn nicht, wen ihr vor euch habt? Die berühmte Filmdiva Olga Tschechowa und ihren Partner, den großen Schauspieler Albert Steinrück, den ihr alle aus dem Fridericusfilm her kennt!«

Bei diesen Worten brach tosender Jubel aus, und Pinas letzte Worte: »Sie kommen direkt aus dem Atelier!« gingen in den Hoch- und Hurrarufen unter.

»Schade!«, dachte der Amerikaner und öffnete ungern die Faust, und Komtess Olga erwiderte:

»Mir hätte ein bisschen Boxkampf auch mehr Spaß gemacht.«

Pina war stolz auf ihren Einfall, den die Ähnlichkeit der Erscheinung und des Namens der Komtess ihr ohne viel Überlegung eingegeben hatte. Sie sprang von dem Tisch herunter, lief den Beiden entgegen und begrüßte sie freundlich aber mit Zurückhaltung. Auch Curt verbeugte sich. Und – da er noch nicht wusste, welche Rolle er den Beiden gegenüber spielen würde – zunächst devot als Kellner, dann mit jener in Konfektionsfilmen oft gesehenen Geste des Reisenden, und schließlich diskret und distanziert als Baron. Mochte der Amerikaner sich aussuchen, was ihm behagte.

Dann nahmen alle vier an dem Tisch von Curt und Pina Platz, auf dem zwei leere Bowlepokale, ein Teller mit gemischtem Eis und zwei Stück Harzer Käse mit Butter standen.

»Wenn wir nicht stören«, sagte die Komtess, als der Lärm sich gelegt hatte, während der Tisch den ganzen

Abend über belagert blieb und Olga innerhalb einer Stunde zweihundertdreiundzwanzig Mal ihren Namen schreiben musste – »so hätten wir gern Ihre Verlobung mit Ihnen gefeiert. Aber« – und sie wies auf die Gläser und Teller – »ich sehe, Sie sind schon beim Dessert.«

Curt und Pina sahen erst sich und dann ihre Teller an. Dann sagte Pina.

»Wir fangen gerade an, zu essen.«

»Albärt! verstehst du das?« wandte sie sich an den Amerikaner.

Der verstand. Er nahm die Karte, sagte zu Pina und dem Baron:

»Sie lassen mir die Freude, das Verlobungsessen zusammenzustellen?« – und er bestellte: Veuve Clicquot – Kaviar – Schildkrötensuppe – Bachforellen – junge Rebhühner – frische Ananas mit Kirsch – Sellerie à la Marquise.«

»Das können wir nicht bezahlen«, beteuerte Pina.

»Aber Kind!«, erwiderte die Komtess, »Albärt bezahlt alles – wenn er nur trinken kann.«

»Und mit der Verlobung ist es auch noch nichts«, fuhr Pina fort. »Für einen Baron ist er nicht reich genug und für einen Modeanwalt ist er als Baron zu schade. Ehe wir da nicht einen Ausweg wissen, können wir nicht ans Heiraten denken.«

»Das wird sich nach der zweiten Flasche Sekt schon alles finden«, meinte die Komtess, die, müde vom vielen Autogrammeschreiben, Alberts goldenen Bleistift an Pina weitergab und sagte:

»Ich kann nicht mehr. Schreiben Sie!«

Und es ergab sich, dass der erste Gast, den Pina mit ihrer Unterschrift beglückte, ein reizendes kleines Geschäftsmädel, in ihrem von Alkohol beseelten Zustand den Vor- und Zunamen zusammenzog und beseelt ausrief:

»Die Pinajeff!«

»Elisabeth Pinajeff!«, riefen Filmsachkundige und huldigten ihr. Der Wirt, ebenfalls stark beeindruckt von der Ehre, die seinem Hause widerfuhr, rief die Kellner zusammen und befahl:

»Auf sämtliche Speisen werden heute Abend fünfundzwanzig Prozent Künstleraufschlag erhoben.«

Ein von sämtlichen Musen verlassener Stahlhelmmann protestierte.

»Ich bin doch nicht verrückt, einer Filmdiva wegen für einmal Leber mit Rotkohl zwei Mark und zwanzig zu zahlen.«

Der herbeigerufene Wirt verteidigte sich und sagte:

»Was glauben Sie, was mich die Engagements kosten?«

»Sie haben sie engagiert?«

»Ja, glauben Sie, Künstler ihres Ranges sitzen gratis stundenlang in den Winzerstuben?«

Auf diese zweideutige Antwort hin fragte der Stahlhelmmann:

»Tragen sie denn was vor?«

»Sie werden staunen!«

Und da Dritte gern hören, wenn zwei sich streiten, so waren viele Gäste an den Tisch herangetreten, und in kaum zwei Minuten wusste das ganze Lokal: Sie sind vom Wirt engagiert. Sie tragen vor.

Der Wirt lächelte und dachte: Man muss nur sein Geschäft verstehen. Aber er sah zugleich mit Grauen dem Augenblick entgegen, in dem die vermeintlichen Filmgrößen gingen, ohne sich produziert zu haben. Dann kam es zu einem Skandal, und die Kellner konnten sehen, wie sie zu ihrem Gelde kamen.

Während er darüber nachdachte, ob es Mittel gab, dem Sturme zu begegnen, hob sich am Tisch der Komtess die Stimmung von Minute zu Minute.

»Hören Sie, wovon sie sprechen?« trug er dem Kellner auf, und der erwiderte:

»Von Liebe ist die Rede und von Bananen.«

»In ganz Berlin ist seit Tagen keine Banane aufzutreiben«, erwiderte der Wirt. »Das sind sicherlich Obstschieber en gros, aber keine Filmschauspieler.«

Er ging selbst an den Tisch und fragte, ob sie mit Essen, Weinen und Bedienung zufrieden seien.

»Bananen wollen wir haben!«, rief die leicht bezechte Pina, die überall, wo sie war, für das Geschäft der Eltern Reklame machte – »Bananen!«

Und der Ruf pflanzte sich von Tisch zu Tisch. Das ganze Lokal hallte wieder von dem Geschrei nach Bananen. Der findige Kapellmeister brach die Musik ab und stimmte das Lied an:

»Yes, we have no bananes, we have no bananes to-day.«

Das Lied aus längst verklungener Zeit erlebte seine Auferstehung. Und als es verklungen war, stand Pina wieder auf dem Tisch und rief mit lauter Stimme:

»Die besten Bananen bekommen Sie bei Max Pika, Lothringerstraße 24! Das Stück zu 15 Pfennigen, das ganze Dutzend zu einer Mark fünfzig.«

Wie auf Bestellung rief am Nebentische jemand:

»Auf zu Pika!«

Und fünf Minuten später setzte sich ein mitternächtlicher Zug der Gäste, mit der Kapelle der Winzerstuben, die Leipzigerstraße entlang in Bewegung.

Die Kellner hatten noch im Flur und auf der Straße einkassiert. Die schlechten Garderobeverhältnisse erleichterten ihnen die Arbeit. Der Wirt deckte den Ausfall der letzten zwei Stunden damit, dass er seine Kellner mit ein paar Körben Sekt dem Zuge folgen ließ – mit einem Aufschlag von abermals fünfundzwanzig Prozent. Paare, die nicht mehr sicher auf den Beinen standen, nahmen im Wagen Platz. Der Verkehr in der Friedrichstraße stockte. Die Schupo erwies sich als völlig machtlos. Der bezechte Albert, der glücklicherweise den Fridericusfilm gesehen hatte, marschierte mit der Komtess an der Spitze des Zuges und brüllte jeden Widerstand der Staatsgewalt mit dem Ruf nieder:

»Platz für Friedrich Wilhelm I.!«

Die Gäste der Friedrichstadt stürmten aus den Lokalen und schlossen sich dem Zuge an. Ein Kellner spielte den

Verbindungsoffizier mit den Winzerstuben. Als der Zug am Oranienburger Tor anlangte, war der Sektkeller bereits halb geleert. Alle paar Minuten ließ ein Kellner einen Gast wegen Zechprellerei abführen, wodurch er zugleich die Beamten von der Hauptsache, den Zug aufzulösen, ablenkte. Die in tiefer Nachtruhe liegende Lothringerstraße wurde zum Nachtgelage. Die Destillen nahmen ihre schon geschlossenen Betriebe wieder auf und lieferten Bockwürste in ungeheuren Mengen auf die Straße.

Als Letzte erwachte das Ehepaar Pika, deren Zimmer hinter dem Laden lagen, aus dem Schlafe:

Die Alte rüttelte ihren Mann und sagte:

»Ich träume mit wachen Augen.«

Der Alte setzte sich auf und sagte:

»Ich auch.«

»Was hörst du?«, fragte sie.

»Das Bananenlied.«

»Ich auch.«

»Von Hunderten von Stimmen.«

»Ich von Tausenden.«

»Es wird immer deutlicher.«

»Als wenn es dicht vor unserem Laden wäre.«

»Wir träumen.«

»Ich bin ganz wach jetzt.«

»Öffne die Tür!«

Der Alte stieg aus dem Bett, öffnete und fuhr zurück. Wie eine Sturzwelle drang jetzt von draußen Gesang ins Zimmer.

»Geh zum Fenster!«

Behutsam – im Nachthemd, ohne etwas an den Füßen – schlich der Alte in den Laden und öffnete. Der Lärm brauste durch das Fenster.

Frau Pika stürzte zu ihm. Hand in Hand standen die beiden Alten in dem dunklen Laden und sahen mit entgeisterten Gesichtern auf die Straße. Ihr Erstaunen wuchs noch, als jetzt Pina an das Fenster trat und laut rief:

»Mutter! Vater! macht den Laden auf! Ich bringe Kunden!«

Die beiden Alten sahen sich an. Dann machte Frau Pika Licht, während der Alte zur Tür ging. Er wollte eben öffnen, da kam ein Schrei aus tausend Kehlen:

»Bananen!«

Der Alte, der noch immer nicht wusste, ob er wach oder noch im Traume war, wich von der Tür zurück, sah auf die leeren Bananenkisten und wandte sich dann mit hilflosem Blick zu seiner Frau. Die fasste sich schnell, schrieb auf eine Tafel:

Saure Äbfel das Fund 1 Mk.

Süse Bürnen das " " 1 Mk. 50

Bananen ausferkauft!

Diese Tafel hing sie von innen ans Fenster.

Ein Sturm brach los. Die Menge drohte den Laden zu stürmen. Alle Versuche Pinas, der Komtesse und ihrer

Begleiter, die Menge zu beschwichtigen, waren vergeblich. Während Albert, der Amerikaner, ein paar Kerle, die gegen die Ladentür rannten, niederboxte, flüchtete Pina mit der Komtess und dem Baron zur Haustür, schloss auf und brachte sich und die beiden in Sicherheit. Vom Flur aus gelangten sie in den Laden, wo die beiden Alten sich hinter Obstkisten versteckt hielten.

Die Menge wurde immer bedrohlicher. Pina stieg auf eine Leiter und öffnete das obere Fenster. Auf eine Leiter am Nebenfenster stieg die Komtess. Die Alten schleppten Kisten mit Birnen und Äpfeln heran, reichten Stück um Stück den beiden Frauen, die ein lebhaftes Bombardement auf die Menge eröffneten. Wem ein Apfel oder eine Birne an den Kopf flog, brüllte auf. Aber schon griff der Nachbar danach und bald war eine regelrechte Schlacht im Gange. Die Menge schlug sich um das Obst. Aber als sie satt war und das Obst ein Ende nahm, warfen sie alle angefaulten Äpfel und Birnen zurück, schlugen die Fenster ein und zwangen Pina und die Komtess, die über und über mit weichen Birnen und faulen Äpfeln beschmutzt waren, zum Rückzug. Die Schlacht schien verloren, da kam Pina auf eine Idee. Sie nahm die Tafel vom Fenster und schrieb auf die Rückseite:

Bananen! Frische Sendung!

Verkauf ab fünf Uhr früh

Zentralmarkthalle!

Die Menge brach in lauten Jubel aus. Albert, der Amerikaner, gab die Parole aus:

»Zentralmarkthalle!«

Die Musik setzte wieder ein – und die Menge zog ab. Albert ging in den Laden.

Als die Straßen wieder leer waren, traf die Schupo in einem Riesenlastauto – vierzig Mann stark – in der Lothringer Straße ein. Da sie keine Möglichkeit mehr hatte, sich zweckmäßig zu betätigen, so besetzte sie das Haus Pikas, drang in den ausgeräumten Laden ein und stellte Ermittlungen an. Sie drohte mit Verhaftung und stellte hohe Polizeistrafen in Aussicht. Ja, der Offizier erklärte sogar, dass sich voraussichtlich der Staatsanwalt mit den beiden Alten, mit Pina und der Komtess wegen Landfriedensbruchs beschäftigen werde. Albert, der Amerikaner, der sich nicht ausweisen konnte, wurde als Rädelsführer von mehreren Schupobeamten mit Bestimmtheit wiedererkannt und verhaftet. Sein leidenschaftlicher Protest verhallte wirkungslos. Er überreichte der Komtess, die vergebens allen Liebreiz einsetzte, um den Offizier umzustimmen, sein Scheckbuch und ließ sich abführen.

Pina suchte die Eltern zu beruhigen. Auch die Komtess und Curt, der Baron, bemühten sich um sie. Aber während die Alte zu einem Morgenkaffee in dem bescheidenen Wohnzimmer einlud, kroch der Alte über die Trümmer seines Ladens beinah bis zur Decke hinauf und holte von da aus einem Verschlag eine Kiste herunter. Er öffnete sie und gab sich mit sichtlicher Freude dem Anblick – und mit noch größerer dem Genuss von ein paar prächtigen Bananen hin. Dann ging auch er in das Wohnzimmer und stellte die Kiste auf den Tisch.

Um den Tisch herum saßen sie nun, sechs Personen, tranken Kaffee und aßen Bananen.

»Das gibt einen herrlichen Skandal!«, rief Komtess Olga. »Endlich mal wieder ein Erlebnis! Das erste seit der Revolution!«

»Auf unsere Kosten!«, erwiderte der Alte.

»Ich ersetze Ihnen alles.«

»Wir hätten sowieso schließen müssen«, sagte Frau Pika. »Jetzt haben wir nach außen hin wenigstens einen Grund.«

Curt, der sich bereits als künftiges Mitglied der Familie fühlte, sagte:

»Sie hatten die Absicht, sich zur Ruhe zu setzen?«

»Ja!«, sagte der Alte, aber seine Frau erwiderte lächelnd:

»Mein Mann schon, aber wir nicht. Was von der Kunst kommt, wie wir, liebt die Kunst. Aber sie kostet Geld.« – Und sie erzählte wieder einmal aus ihrer ersten Ehe, von dem Artisten Jeff und den großen Affichen an allen Säulen, wenn er auftrat. »Na, und das hat nun meine Tochter von ihm, das Künstlerblut! Und so sind wir die Obstsendungen schuldig geblieben und sollen nun zahlen. Der Herr Sülstorff in Hamburg braucht sein Geld, denn dem sein Sohn, das ist wie mit meiner Tochter, nur, dass der eben in Sport macht und meine Tochter in Kunst, denn so'n Mannequin muss doch nach was aussehen, wenn sie's zu was bringen will.«

»Sülstorff?«, fragte der Baron. »Das ist doch nicht etwa der schöne Harry?«

»Kennst du – kennen Sie ihn?«, fragte Pina.

»Aber ja! Er isst seit Jahren jeden Mittag bei uns.

»Sie haben ein Restaurant?«, fragte der Alte. »Da hat man nicht soviel Ärger wie in einem Obstgeschäft.«

»Ich habe – das heißt, – ich hatte – ein Gut – vor der Revolution – in Russland.«

»Aber Mama! Ich habe dir doch erzählt. Der Herr Curt ist der neue Modeanwalt.«

»So! So! – Ja, ich entsinn' mich! Du sagtest, dass er uns vielleicht die achthundert Mark ...«

»Das kann er nicht!« fiel ihr Pina ins Wort.

»Aber ich kann es!«, erklärte die Komtess und klappte das Scheckbuch auf.

In dem künftigen Schwiegersohn meldete sich der Aristokrat:

»Sie können doch nicht von dem Gelde des Amerikaners ...«

»Selbstredend kann ich!«, widersprach Olga.

»Aber Sie! Sie können es nicht annehmen!« rief Curt der Alten zu.

»Man könnte es ihm vielleicht wiedergeben – später einmal.«

»Er wird es nie erfahren«, beteuerte die Komtess.

»Umso schlimmer! Pina, dulden Sie es nicht! Lassen Sie es mich bei Harry versuchen. Er ist ein Sportsmann und Gentleman und hat mich, obgleich ich Kellner war, immer als ehemaligen Offizier und seinesgleichen behandelt.«

Der Alte wies auf das Scheckbuch und meinte:

»Sicherer ist das schon.«

»Versuchen Sie's!«, rief Pina – »aber wenn er es ablehnt ...«

»bin ich immer noch da!« fiel ihr die Komtess ins Wort. »Der Spektakel, den die Nacht nach sich ziehen wird, ist das Dreifache wert.«

Curt stand artig auf und verabschiedete sich.

»Schicken Sie mir meinen Wagen!«, rief ihm die Komtess nach. Und Pina, die ihn zur Tür begleitete, drückte ihm die Hand und sagte:

»Auf Wiedersehen, Curt, morgen früh um neun bei Garis Sons.«

Neuntes Kapitel.

Curt Dubois war ein Mann schneller Entschlüsse. Das nicht alltägliche Schicksal hatte ihn dazu gemacht. Widerstände liebte er und das Wort »unmöglich« hatte er längst aus seinem Sprachschatz gestrichen. Als er jetzt in die Wohnung von Harry Sülstorff eilte und erfuhr, dass der »in Geschäften« nach Hamburg zu seinem Vater gereist sei, beschloss er sofort, ihm zu folgen.

»In Geschäften?«, fragte er zweimal den Diener, der auf sein ungläubiges Gesicht schließlich erwiderte:

»Sie scheinen noch nicht zu wissen, wir sind seriös geworden.«

»Gehen die Geschäfte des Herrn Papa etwa schlecht?«, fragte der gescheite Curt – und der Diener legte die Hand auf den Mund und erwiderte:

»Wir sind diskret. Aber im Vertrauen: Sie könnten besser gehen.«

»Armer Harry!« entfuhr es Curt. Doch der Diener verbesserte schnell:

»Schöner Harry!«

»Schönheit ohne Geld ist bei einer Frau ein Kapital«, erwiderte Curt. »Bei einem Mann nicht. Leider!« – und er spielte damit deutlich auf sich an. Dann ließ er sich ans Telefon führen und stellte die Verbindung mit dem Chef des Hauses Garis Sons her.

»Der Chef persönlich«, meldete sich am Telefon, worauf Curt erwiderte:

»Sie sprechen mit ihrem Modeanwalt.«

Darauf der Chef:

»Herr Baron, die neuen Modelle aus Paris sind eingetroffen. Bevor ich sie auszeichne, benötige ich Ihr Gutachten.«

Curt entnahm aus der Antwort, dass sich bereits die ersten Kundinnen im Salon befanden, für die die Worte des Chefs bestimmt waren.

»Bedauere, ich muss heute noch Kellner spielen und kann daher erst morgen meine Stellung bei Ihnen antreten«, log Curt, der nach Hamburg wollte.

»So! So! Sie haben ein Telegramm von der spanischen Infantin. Selbstredend müssen Sie da sofort nach Paris – und zwar per Flugzeug –, danken Sie Ihrer Königlichen Hoheit, dass sie Garis Sons mit ihrem Vertrauen beehrt. Aber fordern Sie die gleichen Preise, die meine Kundschaft in Berlin bezahlt.«

»Eine goldige Type sind Sie!«, rief Curt in den Apparat, – »wie ist's mit einem Vorschuss, Goldfasänchen?«

Garis lag es auf der Zunge, in den Apparat zu schreien:

»Herr! Sie sprechen mit ihrem Chef.« – Aber das Tuscheln seiner Kundinnen, die erregt und interessiert dem Gespräch folgten, ließ ihn erwidern:

»Waaas? Die Kronprinzessin von Schweden bittet um Ihren Besuch? – Ausgeschlossen! Sie fahren nicht nach Kopenhagen.«

»Stockholm ist die Hauptstadt von Schweden,« berichtigte der Baron.

»Was ist die Haupt ... sache ? Natürlich! Zu Besuch in Stockholm.«

»*Aus* Stockholm.«

»Das bleibt sich gleich, ob Stockholm oder Kopenhagen, Sie sind kein Reisender! Sie sind mein Modeanwalt! Was sage ich? – mein? – *der* Modeanwalt sind Sie! Verstehen Sie? Was Rainer und Elsa Herzog und Poiret zusammen sind, das sind Sie! Und wer von Ihnen beraten sein will, hat zu uns zu kommen.«

»Ein geliebtes Herz sind Sie, Garissohnchen!«, erwiderte Curt.

»Was heißt hier Herz? Mit Gefühl macht man keine Geschäfte. Sie sind mein Modeanwalt und kein Prophet, und wenn es sich zehnmal um 'ne Kronprinzessin handelt – der Berg mag zum Propheten gehen, der Modeanwalt erwartet die Prinzessin bei Garis Sons.«

Der Chef von Garis Sons war Choleriker. Er redete sich in Feuer und glaubte dann, was er sagte. Er hing den Hörer an und verbeugte sich vor den Damen, die jedes seiner Worte mit einem leichten Nicken des Kopfes begleitet hatten.

»Ich weiß, was ich meiner Kundschaft schuldig bin. Ich habe, ohne meine Preise zu erhöhen, die größten Opfer gebracht, um den Baron,« – den Namen wusste er längst nicht mehr – »an mein Institut zu fesseln. Aber nicht, damit er bei Königinnen und Prinzessinnen herumreist. Seine Kunst, sein Genie gehören Ihnen! Er soll Sie beraten und anziehen.«

Und während er bei den Damen das Interesse für den Baron bis zur höchsten Neugier steigerte, saß der bereits im Hamburger D-Zug.

Bei Max Sülstorff Söhne erfuhr er, dass Harry im Begriff stand, nach Genua und von dort mit dem nächsten Postdampfer nach dem Osten zu reisen. In der Uhlenhorster Villa sagte man ihm, dass der junge Herr den ganzen Tag über mit seiner Equipierung beschäftigt sei. Er ermittelte ihn mithilfe des Telefons in einem Tropen-Ausrüstungsgeschäft und jagte ihm dorthin nach. Der Prokurist gab ihm ein an Harry gerichtetes Telegramm mit, das schon seit Tagen im Büro des alten Sülstorff gelegen hatte.

»Sie, Baron?« empfing ihn Harry, der gerade seinen Tropenhelm aufprobierte, durchaus kameradschaftlich, und reichte Curt die Hand. »Wie finden Sie, dass mir der Helm steht?«

»Eine Nuance, in der man Sie noch nicht gesehen hat! Sie müssen auf einen Run sämtlicher Fotografen des Kontinents gefasst sein.«

»Er macht alt. Finden Sie nicht? Er verursacht Schatten unter den Augen und gibt dem Gesicht etwas Starres.

»Martiales! Sieghaftes!«, sagte Curt.

»Möglich! Aber auf Kosten des Charmes, auf den ich in erster Linie meine Erfolge bei Frauen zurückführe. Wäre ich verurteilt, zeitlebens einen Tropenhelm zu tragen, ich hätte mich auf brutal umgestellt, was bestimmt bequemer ist, als ewig zu lächeln.«

»Und bei den Frauen womöglich noch beliebter.«

Harry übte vor dem Spiegel und zog Grimassen.

»Ich glaube – ich glaube, es geht«, sagte er freudig, verfiel aber sofort wieder in sein Lächeln, trampelte wütend auf und rief:

»Ekelhaft! Ich kann mich gar nicht mehr lächeln sehen.«

»Stellen Sie sich vor, Sie gingen in Sumatra spazieren, lediglich mit einem Rackett bewaffnet, und Ihnen käme ein ausgewachsener Tiger entgegen – es könnte auch eine Tigerin sein.«

Harry zitterte in den Knien.

»Durch Furcht würden Sie das Tier nur reizen! Sie müssen ihm starr und drohend in die Augen sehen.« – Er machte es vor. – »So etwa!«

Harry übte sein neues Gesicht.

Als sie auf die Straße traten, sagte Curt:

»Also von heute ab: der brutale Harry. Das ist auch praktischer. Denn Schönheit ist ein Attribut der Jugend – Brutalität dagegen an kein Alter gebunden. – Man vermutet dahinter Intellekt, während man Schönheit beim

Manne mit Dummheit identifiziert. Aber ein Mann, der schön und brutal ist, wird stets unwiderstehlich sein.«

Wir wissen, weshalb Curt, gegen seine Gewohnheit dem schönen Harry so zum Munde redete. Harry, der die Zusammenhänge nicht kannte, hätte zum Mindesten aufhorchen und stutzig werden müssen. Aber es ging ihm wie Öl ein. Sprach Curt doch nur aus, was Harry dachte und wünschte. Es war daher verständlich, wenn er ihn jetzt beinah freundschaftlich bat, ihn auch zu seinem Schneider und Friseur zu begleiten. Denn der veränderte Gesichtsausdruck erforderte auch einen anderen Schnitt der Kleidung, bestimmt aber des Haares, dessen weiche Wellen einen Charakter verrieten, den er nun plötzlich nichtssagend und beinahe albern fand.

Es dauerte wohl anderthalb Stunden, bis sie zum Essen kamen. Da erst stieß Curt, als er seine Handschuhe auszog und in den Ulster stecken wollte, auf das Telegramm. Er entschuldigte sich und gab es Harry. Der erwiderte:

»Es wird ja nicht so wichtig sein.«

Sie legten ab und setzten sich. Harry bestellte, ohne auf die Karte zu sehen, Hummer, Filetbeefsteak und Ale – dann erst öffnete er das Telegramm und las:

Harry Sülstorff in Firma Max Sülstorff Söhne Hamburg.

Falls Sie annähernd so sind, wie ich Sie mir nach dem Bilde im The Newyorker äußerlich und als Mensch vorstelle, halte ich hiermit um Ihre Hand an. Ich treffe auf der »Venezia« am 11. April in Triest ein und fahre von dort mit dem nächsten Zuge nach Berlin. Welche Heiratspläne Sie immer haben mögen, bitte, tun Sie keinen entscheidenden Schritt, bevor Sie mit mir gesprochen haben. Unser Schiff ist am 21. März in Colombo, wo ich hoffentlich ein Telegramm von Ihnen vorfinde, Shake hands Djojo, Tochter von Paul G. Olem. Sumatra.

Harry lächelte weder, noch sah er brutal aus. Er zeigte sein drittes Gesicht. Das Telegramm warf ihn um. Das Denken setzte aus. Die Buchstaben des Wortes Djojo tanzten vor seinem Gesicht herum. Er sah eine Plantage von Bananen, die kein Ende nahm. Und unter den Bananenbäumen inmitten einer Schar von Tigern lustwandelte die braune Frau eines wilden Stammes, unbekleidet und mit Schmuck behängt. Sie hielt in der Hand ein Exemplar des »The Newyorker«, auf dessen Titelseite groß sein Bild war. Mit einem Jagdmesser schnitt sie das Bild aus und befestigte es an dem Stamm eines der Bananenbäume. Dann führte sie vor dem Bild einen wilden Tanz auf. Das Bild wurde größer, wuchs menschengroß empor, begann zu leben. Er, Harry, lehnte an dem Baum. Vor ihm tanzte die Frau, und brüllten die Tiger.

»Was ist Ihnen?«, fragte der Baron, und Harry lallte:

»Djojo.«

Curt beugte sich über den Tisch, las das Telegramm, lachte laut auf und sagte laut:

»So eine Frechheit!«

Das riss Harry aus seinem Dämmerzustand. Er schüttelte sich, fuhr sich mit der Hand über die Stirn, richtete sich auf, sah den Baron groß an und fragte:

»Was war?«

»Das Telegramm hat Sie aus der Fassung gebracht.«

»Richtig! Das Telegramm! Es ist mir in die Glieder gefahren. Ich habe Sie für Djojo und die Hummern für Tiger gehalten und das Lokal für einen Wald von Bananen.«

Er sagte es ganz ernst, und dem Baron wurde etwas
unheimlich. Er hob das Sektglas und sagte:

»Prost!«

Noch etwas benommen, stellte Harry das Glas wieder
hin und sagte halblaut:

»Das ist eine nette Geschichte!«

»Sie kennen sie gut?«

»Wen?«

»Diese Djojo.«

»Nichts weiß ich von ihr. Ich habe sie nie gesehen.«

»Ein schlechter Witz also.«

»Ich fürchte, ein ernster.«

»Wie können Sie das auch nur eine Minute lang ernst
nehmen? Penang – wenn ich nicht irre, in nächster Nähe
des Golfstromes – vierzig Grad Réaumur im Schatten.
Da brütet das menschliche Gehirn Dinge aus, von denen
es fünf Minuten später nichts mehr weiß. Ein Scherz
vermutlich, eine Wette an Bord. Sie denken doch nicht
etwa daran, darauf zu antworten?«

Harry, undiszipliniert im Denken, suchte Zusammenhänge.

»Von wann ist das Telegramm?«

Curt suchte den Postvermerk.

»Nanu? 18. März? Und heute haben wir den 11. April. – Unbegreiflich! Aber, umso besser! So kommen Sie gar nicht erst in die Verlegenheit, zu antworten. Das Schiff ist seit drei Wochen von Colombo fort.«

»Trifft demnach heute in Triest ein – oder ist gestern schon eingetroffen.«

»Djojo – sicherlich ist das ein fingierter Name – oder haben Sie schon mal gehört, dass jemand Djojo heißt? – Ist irgendeine überspannte Amerikanerin.«

»Tochter von Paul G. Olem, Sumatra,« – wiederholte Harry.

»Sumatra ist groß.«

»Paul G. Olem ist noch größer.«

»Sie kennen ihn?«

»Max Sülstorff Söhne sind ihm auf Gnade und Ungnade ausgeliefert.«

Curt erschrak. Jetzt zum ersten Male, seitdem er mit Harry zusammen war, dachte er daran, aus welchem Grunde er überhaupt nach Hamburg gefahren war und ihn aufgesucht hatte. Harry hatte es verstanden, ihn vom ersten Augenblick an derart in seine Angelegenheiten hineinzuziehen, dass er gar keine Zeit gehabt hatte, an sich und seinen Auftrag zu denken. Er war im Gegensatz zu Harry an scharfes Denken gewöhnt. Daher sagte er sich: Wenn Max Sülstorff Söhne Hamburg der Firma Paul G. Olem auf Sumatra, und Max Pika Berlin der Firma Max Sülstorff Hamburg auf Gnade und Ungnade ausgeliefert ist, dann ist auch Max Pika Berlin von G. Olem auf Sumatra abhängig. Hier also waren die Interessen miteinander verknüpft – zum Mindesten aber bestand die Möglichkeit, einen Zusammenhang zu schaffen.

Aber auch Harry hatte sich bemüht, die Zusammenhänge zu erfassen.

»Hinter dem Telegramm«, sagte er und dachte laut – »steckt der alte G. Olem. Sicherlich ist sie schief oder hat einen Buckel. Vermutlich beides. Trotz ihres Geldes also findet sie nicht einmal auf Sumatra einen Mann. Sie ist eine Halfkast. Und die Mutter ist eine Tamile oder eine Chinesin. Eine Million zweimalhunderttausend Mark schulden wir der Firma. Das ist also der Kaufpreis, den sie für mich bieten. Vielleicht zahlen sie noch ein paar hunderttausend Mark darauf. Den Scheck trägt sie in ihrem Sarong. Ich sehe schon, wie unsere Kinder als Halbaffen von einem Bananenbaum zum anderen hüpfen.«

»Sie halten es für möglich, dass Sie auf diesen Handel eingehen?«, fragte Curt.

»Ich habe bis heute ausnahmslos meinem Vergnügen und dem Sport gelebt. Es fragt sich, ob ich die Pflicht habe, der Firma und meinem Vater das Opfer zu bringen.«

»Das ist nicht ganz klar und auch nicht ganz ehrlich. Lediglich aus moralischen Gründen brauchen Sie es nicht zu tun. Aber Sie belügen sich selbst. Denn Sie bringen das Opfer nicht nur der Firma, sondern sich selbst – sofern Sie es nicht vorziehen, wie ich, Kellner oder männlicher Mannequin zu werden – wozu ich Ihnen nicht rate.«

Jetzt erst kam es Harry so eigentlich zum Bewusstsein, mit wem er eigentlich am Tische saß.

»Sie bleiben darum doch immer Baron Dubois.«

»Stimmt! Während Sie als Ex-Tennismeister bald vergessen wären. Und weiter: Selbst, wenn Sie das Opfer bringen, würden Sie als Mann dieser Frau damit doch unter Ihr jetziges Leben einen Strich machen müssen – sportlich sowohl wie gesellschaftlich.«

»Schauderhaft!«, stöhnte Harry.

»Ich hingegen habe dies Opfer bereits gebracht – und längst auf alles das, was Ihr Leben ausmacht, Verzicht geleistet. Für mich wäre es in gewisser Hinsicht sogar eine Restitution. Die Aussicht, auf eine große Plantage in Sumatra wäre für mich ein Glücksfall und die Erfüllung eines Wunsches, den ich seit Jahren hege. Was für Sie ein Niedergang wäre, bedeutet für mich einen Aufstieg.«

Harry erregte sich an dem, was der Baron sagte.

»Sie haben recht! Ich begreife! Ich verstehe! Sie wollen statt meiner. Ich sage nicht Nein. Ich bin Egoist. Meine Eltern haben mich verwöhnt. Die Frauen nicht minder. Aber – aber« – ihm kamen Bedenken – »nur, um die Frau loszuwerden, damit ist die Firma Max Sülstorff Söhne noch nicht saniert.«

»Selbstredend wäre das der Preis, den ich für dies Arrangement bezahle.«

»Ausgezeichnet! – Ober! Eine Flasche Sekt! – Der Baron wird ihr lieber sein als der Kaufmannssohn.«

»Sie vergessen: Sie hat sich in Ihr Bild verliebt. Sie redet sich also ein, dass der Mann, den sie liebt, Harry Sülstorff ist. Die Mentalität der Frau verlangt also, dass ich ihr *zunächst* mal als der schöne Harry gegenübertrete.«

»Aber das Bild!«

»Ist ihr nur ein Vorwand! Im Übrigen: Können Sie zwei Schwarze oder zwei Japaner voneinander unterscheiden? Wenn Sie den einen nur dem Bilde nach kennen, den anderen überhaupt nicht gesehen haben, bestimmt nicht. Genau so geht es den Farbigen mit uns. Und dann« – er betrachtete Harrys Bild in dem »The Newyorker« – »blonde Männer mit so regelmäßigen Gesichtszügen gibt es Tausende. Hauptsache, ich übernehme Ihre Frisur, trage Tennisdress und lächele. Wenn eine Frau sich während einer dreiwöchentlichen Seefahrt täglich einredet, einen bestimmten Mann, den sie nie gesehen hat, zu lieben, so liebt sie ihn wirklich – ist daher also blind. Im Übrigen hat sie sich sicherlich eine ganz bestimmte Vorstellung von dem Idol ihrer Liebe gemacht, das weder Ihnen noch mir gleicht. Sie werden ihr daher genau so fremd und unähnlich erscheinen wie ich.«

»So ein Zufall! So ein Glück!« sagte Harry und stieß mit dem Baron an. Und dann fragte er plötzlich und unvermittelt:

»Ja, sagen Sie, Baron, darum sind Sie doch vermutlich nicht nach Hamburg gekommen?«

Und nun erzählte Curt von den Nöten der Familie Pika und von Pina Jeff.

Harry war infolge des Sekts und über die für ihn so günstige Lösung der Krise in hoher Stimmung.

»Es lebe Pina!«, rief er, setzte aber sogleich das Glas wieder hin und fragte: »Ja, was wird aus ihr, wo Sie doch nun die Farbige heiraten?«

»Alles Gute ist nie beisammen«, erwiderte Curt. »Sie wird sich damit trösten, die Eltern aus geschäftlichen Nöten befreit zu sehen und weiter ihrem Beruf nachgehen. Ich kann auch ohne sie leben.«

Weder Harry noch Curt gaben sich Rechenschaft darüber, was für ein groteskes und gewagtes Spiel sie hier bei Hummer und Sekt in Szene setzten.

Die erste Aufgabe war, die Verbindung mit Djojo herzustellen. Ein telefonischer Anruf beim Vertreter des Lloyd Triestino sagte Ihnen, dass die aus Japan heimkehrende »Venezia« noch heute im Verlauf des Tages in Triest zurück erwartet werde. Also drahteten sie, nachdem sie verschiedene Fassungen verworfen hatten, schließlich dreifach dringend:

Passagier Djojo Olem an Bord der »Venezia«. Lloyd Triestino Triest.

Liebe Djojo! Falls Sie annähernd so oberflächlich sind, wie ich Sie mir nach Ihrem Telegramm aus Penang, das ich eben erst erhalte, vorstelle, schlage ich Ihre Hand aus. Da ich hinter der ungewöhnlichen Art Ihrer Werbung aber immerhin eine originelle Frau vermute, habe ich den Wunsch, Sie kennenzulernen. Wo kann das geschehen? Mit Handkuss Harry S.

»Das kann ganz lustig werden«, meinte Harry, und Curt erwiderte:

»Vielleicht für Sie, für mich weniger. – Meinen Sie, dass man Ihren Vater einweiht?«

»Ausgeschlossen! Der muss zunächst glauben, dass *ich* mich opfere. Denn er würde nie in ein Geschäft einwilligen, – das nicht fair ist.«

Sie fuhren nach dem Essen in das Büro von Max Sülstorff Söhne. Harry stellte den Baron als einen alten Bekannten vor, zog dann Djojos Telegramm aus der Tasche, legte es dem Alten vor und sagte:

»Ich fahre also nicht.«

Der Alte warf kaum einen Blick auf das Papier, sprang auf und rief den alten Prokuristen in das Büro:

»Habe ich Ihnen nicht ausdrücklich verboten, meinem Sohn das Telegramm auszuhändigen?«, fuhr er ihn an.

»Im Interesse der Firma Max Sülstorff Söhne hielt ich mich verpflichtet ...«

»Sie sind entlassen! – Das heißt: nein! Ich vergaß, mein seliger Vater hat Sie engagiert, also habe ich kein Recht, Ihnen zu kündigen.«

»Ich gehe von selbst.«

»Jetzt, wo Sülstorff Söhne in Schwierigkeiten sind, wollen Sie die Firma im Stich lassen. Das hätte ich von Ihnen zu allerletzt erwartet.«

»Da man es mir unmöglich macht, der Firma aus ihren Schwierigkeiten herauszuhelfen.«

»Sie haben vollkommen recht«, sagte Harry. »Ich kenne meine Pflicht und erfülle sie.«

»Du willst dich verkaufen?«

»Vielleicht gefällt sie mir – oder wir einigen uns auf einer anderen Basis.«

»Ich nehme das Opfer nicht an.«

»Es kann nur von einem Opfer gegenüber der Firma Max Sülstorff Söhne die Rede sein«, erwiderte Harry, »deren Repräsentant ich genau so gut bin wie du. Hast du dich nicht vierzig Jahre lang für die Firma geopfert? Und mein Egoismus würde auch in diesem Falle nichts dagegen haben, dass du statt meiner dies Geschäft tätigst. Ich fürchte aber, dass Djojo damit nicht einverstanden wäre.«

»Junge, du sprichst wie ein Mann! Mehr noch! Wie ein Kaufmann! Wo hast du das plötzlich her?«

»Es wächst der Mensch mit seinen höheren Zwecken!«, erwiderte Harry. Und während der Baron, unangenehm berührt, dachte: was für ein falsches Pathos! – drückte der alte Sülstorff seinem Sohne die Hand und sagte:

»Ich danke dir! – im Namen der Firma!«

Grässlich, diese Szene! Dachte Curt – und ihm war, als wenn aus einer Ecke des Zimmers eine tiefe Stimme rief: »Achtung! Großaufnahme!«

Zehntes Kapitel.

Die »Venezia« hatte in Massaua im Roten Meer die Anker gelichtet und fuhr jetzt mit erhöhter Geschwindigkeit der italienischen Heimat zu. Wie üblich, wurde das Ende der fast zweimonatlichen Seefahrt an Bord durch ein großes Fest begangen. Auf Djojos Anregung feierte man einen Maskenball. – Die Scheinverlobung mit Dieferle hatte nicht die erhoffte Wirkung gehabt. Zwar hielten die männlichen Passagiere Distanz und überließen Djojo ihrem Verlobten. Aber umso interessierter waren jetzt die Frauen, die Djojo aus Neid und Eifersucht bisher gemieden hatten. Nun, wo sie nicht mehr im Mittelpunkt stand, und die Herren sich ihnen wieder zuwandten, fanden sie sie plötzlich bezaubernd und geradezu geschaffen, ihnen die Langeweile an Bord zu vertreiben. Djojo, der das genau so auf die Nerven ging wie das viele Alleinsein mit dem verliebten Dieferle, war schon in Port Said nahe daran, die Verlobung aufzuheben. Was sie davon zurückhielt und sie bestimmte, das Märchen aufrechtzuerhalten, war folgender Vorgang:

An Bord befand sich ein Mr. Lorms, ein Geschäftsfreund von Paul G. Olem, der Djojo am Tage, an dem sie die männlichen Passagiere zusammenrief und ihnen ihre Verlobung mit Dieferle verkündete, um eine kurze Unterredung bat. Das Fest, das die Damen an Bord am selben Abend noch dem jungen Brautpaar gaben, bot Gelegenheit zu dieser Aussprache.

»Als Freund Ihres Vaters«, begann er. Weiter kam er nicht. Denn Djojo fiel ihm ins Wort und sagte:

»Danke! Sie können sich Ihre Rede ersparen. Ich weiß, was Sie sagen wollen.«

»Sie empfinden es also selbst, dass diese Verbindung unmöglich ist. Die Nachkommenschaft aus Ehen weißer Frauen mit farbigen Männern ...«

Wieder fiel sie ihm ins Wort und sagte:

»Ich fühle mich vorläufig nur Braut, nicht Mutter.«

»Aber die Kinder ...«

»... bekomme *ich*. Lassen Sie das also meine Sorge sein. Aber zu Ihrer Beruhigung: Meine Kinder werden so weiß sein wie Sie.«

»Hat Ihr Dieferle Ihnen einzureden versucht, dass es dafür ein Mittel gibt?«

»Sie wären das Mittel jedenfalls nicht!«, erwiderte Djojo und wandte Mr. Lorms den Rücken. Aber sie erfuhr bei ihren guten Verbindungen schon ein paar Stunden später, dass Mr. Lorms vom Schiffe aus an ihren Vater telegrafiert und ihn von der Verlobung in Kenntnis gesetzt hatte. Obgleich sie hinterher telegrafierte:

»Mr. Lorms ist ein Trottel« –

war Paul G. Olem von der Nachricht so erschüttert, dass er sich sofort entschloss, persönlich einzugreifen. Er wusste, Djojo war unberechenbar – und er hielt es durchaus für möglich, dass der wahre Grund ihrer Reise diese Verbindung war, die in Sumatra niemals zustande gekommen wäre. Zwar glaubte er seine Tochter zu kennen und zu wissen, dass dieser schwatzhafte und eitle Halfkast nicht nach ihrem Geschmack war. Aber sie waren so viel allein gewesen und bei Djojos Temperament war es nicht ausgeschlossen, dass sie sich vergessen hatte und aus Furcht vor den Folgen nun dies Opfer brachte. Der Inhalt ihres Telegramms, dass Mr. Lorms ein Trottel sei, besagte gar nichts. Auch war ihm klar, dass er mit Telegrammen und Briefen – ganz abgesehen, dass sie unter Umständen zu spät kamen – nichts ändern würde. Also entschloss er sich, ihr zu folgen.

Wie so oft bei geschäftlichen Unternehmungen kam ihm auch jetzt, wo es sich um die Zukunft seiner Tochter handelte, der Zufall zu Hilfe. In Medan startete nachts drei Uhr der berühmte amerikanische Flieger Alfred Habel nach Europa, um einen neuen Schnelligkeitsrekord aufzustellen. Eine normale Möglichkeit, ihn zu begleiten, bestand nicht. Auch wenn er Unsummen opferte. Das Flugzeug bot Platz für zwei Personen. Der eine war Mr. Habel, der andere sein Mechaniker Lux. Die Fähigkeit, den Mechaniker zu ersetzen, traute er sich zu. Dass es ihm aber gelingen könnte, Habel davon zu überzeugen, glaubte er nicht. Also half nur ein Betrug. Das moralische Recht sprach er sich zu. Das Leben des Fliegers mochte sicherer in der Hand des Mechanikers aufgehoben sein als in seiner. Aber gefährdet war es nicht. Und dies Minus wog das Glück Djojos reichlich auf. Er wusste, dass er mit Erwägungen dieser Art wohl sein Gewissen beruhigen, niemals aber den Mechaniker überzeugen würde. Dessen Gewissen forderte Beweise anderer Art. Er fuhr nach Medan, suchte den Mechaniker auf, der gerade die letzte Prüfung der Maschine vornahm und besprach sich mit ihm. – Der Mechaniker lehnte, wie er erwartet hatte, entrüstet ab. Statt vieler Worte legte Paul G. Olem ihm sein Scheckbuch vor und sagte:

»Füllen Sie die Zahl aus!«

Der Mechaniker stutzte. Der Alte drückte ihm die Füllfeder in die Hand. Der Mechaniker schrieb:

»10 000 Dollars.«

Paul G. Olem setzte seinen Namenszug unter den Scheck. Sie wechselten die Kleidung, und Paul G. Olem, von dem man nicht viel mehr als die Augen sah, kehrte auf den Flugplatz zurück, während der Mechaniker sitzen blieb, den Scheck verwahrte und lachend sagte:

»Zehntausend Dollars und außer Lebensgefahr! Das Geschäft ist richtig!« – –

Während so Paul G. Olem für das Glück seines Kindes den guten Ruf und sein Leben aufs Spiel setzte, traf Djojo im Rauchsalon der »Venezia« Vorbereitungen für das Abschiedsfest. Man hatte wochenlang an kleinen runden Tischen gespeist, und sie schlug nun vor, dass am Abend des Kostümfestes die Damen und Herren des Schiffes einfach ihre Rollen tauschten. Eine Verwandlung, die im Zeitalter des Bubikopfes kaum mehr als einen Wechsel der Kleider bedeutete. Ja, der Dottore di bordo, der eine große Künstlermähne trug, nun aber Djojo darzustellen hatte, musste, um ihrem Pagenkopf zu gleichen, seine schönen Haare opfern. Und eine glutäugige Spanierin, deren Oberlippe mehr als nur einen zarten Bartansatz aufwies, ließ sich, um in Uniform dem Ersten Offizier zu gleichen, sogar rasieren. Diese Vorbereitungen im Salon schufen bereits eine festliche Stimmung. Aber sie gaben zugleich einem Zwischendeckspassagier, der schon während der ganzen Überfahrt in den Gängen der ersten Klasse herumgestrichen war und sich verdächtig gemacht hatte, Gelegenheit, sich in die sogenannte gute Gesellschaft zu schmuggeln. Diesen dunklen Ehrenmann, von dem man nie recht wusste, ob er ein Spanier oder Italiener war, erkannte in seiner Verkleidung als Zigeunerin niemand, und keiner wäre auf den Gedanken gekommen, ihn für einen Mann zu halten. Die ungezwungene, wenig zurückhaltende Art, in der er sich auf dem Kostümfest bewegte, lockte vor al-

lem die älteren Herren an, die ihm denn auch recht ungeniert den Hof machten. Als einer der Passagiere seinen fraulichen Reizen zu nahe kam, versetzte er ihm zur
Belustigung der Gäste eine Ohrfeige und verschwand –
aber nicht auf das Zwischendeck, auf das er gehörte –
vielmehr in die Kabine Djojos, für die er schon seit Penang ein merkwürdiges Interesse zeigte.

Er erbrach den Kabinenkoffer und raubte daraus die
Kassette mit Djojos kostbarem Schmuck, mit dem er sich
aber sonderbarerweise nicht entfernte. Er setzte sich
vielmehr ruhig auf das Bett und vertiefte sich in die Lek-
türe von Zeitungen, die in der Kabine lagen. – Oben
ging das laute Fest seinem Ende zu. Als die Musik ver-
stummte, horchte er auf, legte die Zeitung fort und
schlich zur Luke. Durch sie konnte er genau die Füße
und Beine der Passagiere, die ihre Kabinen aufsuchten,
sehen. Und da er sich die Beine von Djojo so ungeniert
betrachtet hatte, dass die aufmerksam geworden war, so
erkannte er sie sofort, als sie jetzt vor der Luke sichtbar
wurden. Aber auch jetzt ging er nicht hinaus, sondern
trat vor den Spiegel, durch den er die Tür sehen konnte,
trug mit Djojos Stift rot auf und puderte sich.

Als die Tür aufging und Djojo in die Kabine trat, betupfte er schnell noch einmal das Gesicht mit der Puder-
quaste, stieß die verblüffte Djojo beiseite und stürzte mit
der Kassette hinaus. Djojo hinter ihm her. Eine nächtliche Jagd auf dem Schiffe. Ein Kampf. Mit Fetzen des Zi-
geunerkleides in der Hand flog Djojo durch eine offen-
stehende Tür hinunter in den Packraum. Der Strolch
entkam. Djojo, die schnell wieder auf den Beinen war,
machte verzweifelte Versuche, an Deck zu gelangen. Sie

kletterte wie ein Wiesel über die Frachtstücke, und es glückte ihr schließlich, wieder hinaufzukommen. Obgleich es schon vier Uhr war, lief sie zu dem wachthabenden Offizier auf der Kommandobrücke und redete so lange auf ihn ein, bis er sich bereit erklärte, Alarm blasen zu lassen. Zehn Minuten später war alles auf Deck des Schiffes versammelt – in zum Teil so merkwürdigem Aufzug, dass man meinen konnte, der eigentliche Maskenball begänne erst jetzt. Djojo trug den Fall vor, und der Kapitän nahm unter Assistenz mehrerer Offiziere sofort die Untersuchung auf. Eine Matrosenabteilung erhielt Befehl, die sämtlichen Räume und Gepäckstücke des Zwischendecks zu durchsuchen, eine andere Abteilung wurde beauftragt, sofort die an Bord befindlichen Zigeunerinnen vorzuführen. Denn es stellte sich heraus, dass die beim Ball als Zigeunerin erschienene Dame kein Passagier der ersten Klasse gewesen war. Sie alle konnten mühelos nachweisen, in welcher Tracht sie an dem Ball teilgenommen hatten. Als die drei Zigeunerinnen des Zwischendecks unter starker Matrosenbewachung vorgeführt wurden, erkannte jeder Passagier in einer anderen mit absoluter Bestimmtheit den ungebetenen Gast von heute Abend wieder, – trotz der verschlissenen Kleidung, die sie am Leibe hatten und dem ebenso primitiven Gepäck, das man in ihren Kabinen vorfand. Als Djojo aber den abgerissenen Kleiderfetzen vorwies, der aus bunter Seide war, bekannte sich eine der drei Zigeunerinnen sofort dazu, heulte und lärmte und schrie:

»Diebsgesindel! Man hat mich bestohlen! Das stammt von meinem Hochzeitskleid!« – und sie machte ernstlich Miene, auf Djojo loszugehen.

Während der Kapitän sich mit den Offizieren bemühte, Licht in diese dunkle Affäre zu bringen, begannen die Passagiere, die aus Furcht vor einer Schiffskatastrophe auf den Alarm hin ohne jede Rücksicht auf ihr Äußeres aus ihren Kajüten gestürzt waren, nun, wo die Angst vorüber war und die glutrot aufgehende Sonne das Deck heller als ihnen lieb war, beleuchtete, unter sich selbst Gerichtstag zu halten. Dieser unerwartete nächtliche Appell kühlte manche schon bis zur Erfüllung gediehene Begeisterung ab, und Menschen, denen man bis dahin, nicht nur am Tage, nie anders als zu zweit begegnet war, sah man nach dieser Nacht sich geflissentlich aus dem Wege gehen. Schlimmer aber waren die Frauen untereinander. Spott und Schadenfreude über das Aussehen der Nächsten waren so groß, dass sie darüber vergaßen, sich an die eigene ungepuderte Nase zu fassen.

Der Kapitän hatte gerade den glücklichen Gedanken, aufgrund der Passagierliste festzustellen, ob jemand fehlte, als ein Mann beschmutzt, zerzaust, verbeult und außer Atem mit einem zerfetzten Kleid im Arm herankroch und etwas Unverständliches vor sich hin stotterte. Bevor der Kapitän noch eine Frage an ihn richtete, fielen die drei Zigeunerweiber über ihn her, rissen ihm den Anzug vom Leibe und prügelten auf ihn ein.

Als Matrosen ihn den Weibern entrissen hatten, stellte sich heraus, dass es niemand anders als Dieferle war. Und als er sich unter den Händen des Schiffsarztes erholt hatte, erzählte er in abgerissenen Sätzen:

»Ich wachte – wie jede Nacht – vor der Kabine meiner Braut, als plötzlich die Zigeunerin mit der Schatulle herausstürzte, hinter ihr her meine Braut. Da sie schneller waren als ich, verlor ich sie aus den Augen. Ich lief um das Deck herum, als plötzlich irgendetwas von oben herunterflog. Ich konnte es gerade noch fassen, bevor es ins Meer flog. Es war ein seidenes Frauenkleid. Eben dies!« – Er wies auf eine der Zigeunerinnen, die es ihm entrissen hatte und heulend die Seidenfetzen in der Hand hielt ...

»Also doch!«, sagte der Kapitän.

Die Zigeunerin protestierte leidenschaftlich – und Dieferle fuhr fort:

»Ich wandte mich um und sah vom oberen Deck in der Dunkelheit jemanden die Treppe herunter und auf mich zukommen.«

»Die Zigeunerin?«

»Nein! Ein Mann in Unterhosen, der mir einen Schlag auf den Kopf versetzte und mich über Bord zu werfen suchte. Ich klammerte mich an ein Tau. Er riss mich los und gab mir einen Stoß. Ich flog auf das Zwischendeck, kroch auf allen Vieren bis zum Schornstein und blieb dahinter versteckt, bis es hell wurde, und ich über mir Lärm und Stimmen hörte.«

»Würden Sie den Mann wiedererkennen?«

»Es war stockfinster. Aber ich fasste ihn mit aller Gewalt an die Nase.« – Er zeigte seine Hände. – »Daher wohl das Blut.«

»Nasenappell auf Zwischendeck!«, ordnete der Kapitän an. Er hätte klüger getan, auf Djojos Vorschlag einzugehen, und ihre Wolfshunde anzusetzen. Sie wären dann vielleicht noch dazu gekommen, den »Banditen« zu fassen, der in geduckter Stellung neben dem Küchenraum saß und abwartete, bis sie einem Schiff begegneten, das sie überholten oder das in entgegengesetzter Richtung fuhr. An dieser befahrenen Strecke brauchte er nicht lange zu warten. Schon nach einer Stunde überholten sie einen deutschen Dampfer mit dem Ziel Bremen. Der »Bandit« sprang rechtzeitig über Bord und kletterte im Dunkel der Nacht auf das deutsche Schiff – ohne dass die Wachen es merkten. Als dann nach einer Stunde erfolglosen Nasenappells, der sehr lustig verlief, Djojos Hunde angesetzt wurden, war es zu spät. Sie nahmen sofort die Spur auf, rissen sich am Eingang zum Office los, sprangen kühn – wie es vor ihnen wohl auch der »Bandit« gemacht hatte – über das Geländer auf das untere Deck, verbellten erst die Stelle neben der Küche, wo er sich versteckt gehalten hatte, und führten dann bis dicht an das Geländer, gingen da hoch und konnten nur mit Mühe verhindert werden, ins Meer zu springen.

»Er hat gebüßt!«, sagte der Kapitän. »Denn er kann unmöglich bis zur Küste schwimmen.«

»Der arme Kerl!«, meinte Djojo, und der Kapitän erwiderte:

»Sie bedauern ihn noch?«

»Ich habe mit jedem Menschen Sympathie, der Mut hat. Er hat gekämpft wie ein Tier. Erst mit mir, dann« –

sie wies auf Dieferle – »mit dem da! Dafür, dass er ein Tier ist, kann er nichts.«

»Und Ihr Schmuck? Trauern Sie ihm nicht nach?«

»Das Leben eines Menschen ist mehr wert.«

»Dessen Leben bestimmt nicht.«

»Ihm jedenfalls – und darauf allein kommt es an.«

Djojo ging in dieser Nacht nicht mehr zu Bett. Sie stand an die Reling gelehnt und starrte ins Meer. Auch die nächsten Tage über war sie niedergeschlagen und sagte jedem, der es hören wollte:

»Ich habe ihn ins Meer gehetzt.«

Die Passagiere lächelten und flüsterten sich gegenseitig zu:

»Eine exaltierte Person!«

Erst in Triest, als das Schiff in den Hafen fuhr, fühlte sie sich frei und fand ihre Stimmung wieder. Das Abenteuer mit Harry, an den sie während der letzten Reisetage kaum mehr gedacht hatte, begann wieder, sie zu reizen. Das Ausbleiben einer Antwort in Colombo war ihr nicht unerwartet gekommen. Sie hatte es sich sogar gewünscht und wäre enttäuscht gewesen, wenn er ihren Antrag aus geschäftlichen Gründen angenommen hätte. Sie hatte sich gesagt: vielleicht in Triest. Und diese Vermutung wurde in ihr so stark, dass sie den Commissario, dem ein Boot des Lloyd Triestino, noch bevor die »Venezia« im Hafen Anker warf, die Post aushändigte, auf den Kopf zusagte:

»Mein Telegramm!«

Der Commissario reichte es ihr, sie öffnete und las, was Harry ihr telegrafierte.

»Bravo!«, rief sie und kabelte vom Schiff aus an Harry zurück:

»Ich fliege vor Freude und aus Zeitersparnis. Morgen Abend spätestens können Sie mir im Hotel Adlon Berlin beide Hände küssen.

Djojo.«

Elftes Kapitel.

In Triest spielten sich kurz darauf an verschiedenen Stellen Dinge ab, die äußerlich völlig voneinander unabhängig schienen, die aber sämtlich in einem Kausalzusammenhang miteinander standen, ihre Schatten nach Berlin vorauswarfen und dort eine Verwirrung anrichteten, aus der selbst der gewiegteste Kriminalist sich nicht hätte herausfinden können, wenn – ja, wenn eben nicht, wie in den meisten unentwirrbaren Fällen, der Zufall zu Hilfe gekommen wäre.

Nicht etwa ein Zufall, wie wir ihn in Filmen jeden Tag erleben, wo der Manuskriptschreiber die Handlung aus der Hand verliert und der Logik Gewalt antut, um zu einem guten Ende zu kommen. In unserem Fall verlief alles folgerichtig, und der Zufall war kein deus ex machina, der immer dann erscheint, wenn der Einfall ausbleibt.

Dass der Rekordflieger Kapitän Habel schon vor seiner Landung in Triest erkannte, dass der vermummte Pilot nicht sein Mechaniker war, wird man mir glauben. Auch, dass er über diese Entdeckung wenig erbaut war und Herrn Paul G. Olem am liebsten von tausend Meter Höhe ins Meer geschleudert hätte, wird man ihm nachfühlen. Aber ganz abgesehen von der Strafbarkeit dieser Handlung wäre das entschieden eine Dummheit gewesen. Denn besser ein mittelmäßiger Pilot als keiner. Und dann war der Plantagenkönig von Sumatra nicht nur eine Persönlichkeit, mit der man Ehre einlegte, sondern auch ein Hüne mit Körperkräften, die man lieber dem Flugzeug nutzbar machte, statt sich mit ihnen auf einen mindestens ungewissen Kampf einzulassen.

»Wenn Sie ein Mann von Ehre wären«, erklärte der Kapitän, »so hätten Sie sich nicht an meinen Mechaniker, sondern an mich gewandt.«

»Und wenn Sie Djojos Vater wären«, erwiderte Paul G. Olem, »so hätten Sie genau gehandelt wie ich. Die persönliche Ehre ist etwas, was ich voll respektiere – aber, wo die Liebe eines Vaters anfängt, da hört selbst die Ehre auf, eine Rolle zu spielen.«

»Auf Sumatra vielleicht! In Europa nicht.«

»Es ist gut, dass ich eine schwarze Brille trage, die Mütze bis auf die Nase und den Kragen bis übers Kinn gezogen habe – Sie würden sonst vielleicht an meinem spöttischen Lachen Anstoß nehmen.«

»Ziehen Sie den Hebel!«, brüllte der Kapitän. »Sehen Sie denn nicht, dass der Wind sich dreht?«

»Sie nehmen also meine Dienste an?«

»Was bleibt mir anderes übrig?«

»Ich weiß mit dem Flugzeug genau Bescheid und werde in jedem Augenblick der Gefahr mein Leben für das Ihre einsetzen.«

Der Kapitän reichte ihm die Hand. Paul G. Olem schlug ein und sagte:

»Die Aberkennung der bügerlichen Ehrenrechte gilt also nur für die Fahrt bis Triest?«

»Ich würde mich selbst erniedrigen, Mister Olem, wenn ich sie aufrecht erhielte. Aber ich stelle eine Bedingung.«

»Ich akzeptiere jede, die das Zusammentreffen mit meiner Tochter nicht verzögert.«

»Sie wissen vielleicht, dass ich Sportsmann aus Passion bin. Jede öffentliche Schaustellung ist mir zuwider. Ich hasse Ehrungen und Empfänge. Bürgermeister im Frack mit goldenen Ketten und Ehrenjungfrauen mit Blumensträußen sind mir genau so widerwärtig wie eine entfesselte Menschheit, die heute mir, morgen einem Boxchampion und übermorgen einer Filmdiva zujubelt.«

»Mir nicht minder.«

»Das tut mir leid.«

»Wieso? Ich als Plantagenbesitzer komme nicht in die Verlegenheit.«

»Sie irren! Man wird Sie sowohl in Triest wie in Berlin mit allen Schikanen empfangen.«

»Mich? – Sie meinen: Sie.«

»Ich werde aus Ihrer Gegenwart Vorteile ziehen und mich durch Sie vertreten lassen.«

»Wie denn?«

»Sie werden – ich sein. Wir werden die Rollen ganz einfach vertauschen.«

»Unmöglich! Man kennt Sie!«

»Weder in Triest, noch in Berlin.«

»Und Sie wollen Paul G. Olem sein?«

»Fällt mir nicht ein! Da treten dann vielleicht die Verbände für Bananen und Gartenkultur an und ernennen mich zu ihrem Ehrenmitglied. – Ich bin, was Sie vorstellen: Ihr Mechaniker. Einverstanden?«

»Wie sagten Sie vorhin? »Was bleibt mir anderes übrig.« – Auch ich habe keine Wahl. Die Verantwortung für alles, was sich daraus ergibt, tragen Sie.«

»Wir beide!« fiel ihm der Kapitän ins Wort. –

Und als sie bei Triest niedergingen, bereiteten die Bewohner der festlich geschmückten Stadt ihnen eine Ovation, als wenn sie von einem neuen Weltkrieg siegreich heimkehrten.

Als Paul G. Olem zum Gruß die Mütze schwenkte, jubelte man ihm eine Viertelstunde lang zu. Dann hielt der Bürgermeister eine Ansprache, und drei Militärkapellen intonierten gleichzeitig die amerikanische Nationalhymne. – Paul G. Olem, der nur die Worte »Evviva« verstand, radebrechte, da der fremde Akzent seiner englischen Aussprache aufgefallen wäre, ein paar italienische Dankesworte, was die Zehntausende in Raserei versetzte. Von dieser Minute ab war der vermeintliche Kapitän Alfred Habel der erklärte Liebling der Italiener, und die Zeitungen faselten in überschwänglichen Worten von dem amerikanischen Bruder mit dem italienischen Her-

zen und der faszinierenden, echt italienischen Liebenswürdigkeit.

Aber an eins hatten der Kapitän und Paul G. Olem
nicht gedacht! Das waren die Fotografen und Reporter. –
Vor den Reportern rettete sie ein überstürzter Aufstieg.
Die Platten der Fotografen aber, die ihre Positive noch
am gleichen Tage an sämtliche Pressebüros sandten,
machten Paul G. Olem am nächsten Tage als amerikanischen Rekordflieger Alfred Habel in der ganzen Welt
berühmt. –

Der Freudentaumel Triests kam aber noch jemandem
zugute. Der Bandit, der auf der »Venezia« während des
Kostümfestes als Zigeunerin verkleidet in Djojos Kajüte
eingedrungen war und ihr den Schmuck gestohlen hatte,
war, ohne von der Schiffskontrolle als überzählig festgestellt zu werden, am Nachmittag des gleichen Tages in
Triest gelandet. Trotz der reichen Beute, die ihm auf
dem italienischen Steamer in die Hände gefallen war,
sah man ihn jetzt auf dem Flugplatz die Konjunktur
ausnutzen. Einem Fremden, der ihm entfernt ähnlich
sah und der seine Koffer kurz zuvor nach Berlin dirigiert
hatte, griff er in die Brusttasche und entwendete ihm
seinen Pass. Aufgrund der Personalien dieses Passes
verwandelte er sich in den spanischen Automobilfabri-
kanten Pampers, als der er mit dem nächsten Zuge nach
Berlin fuhr, nachdem er sich zuvor dem Bilde des Passes
möglichst ähnlich gemacht hatte. –

Vier Stunden zuvor hatte die »Venezia« im Hafen Anker geworfen. Als Djojo mit Dieferle und den malayischen Dienerinnen an Land gingen, hatten sie noch

zwei Stunden Zeit bis zum Abgang des Zuges nach Berlin.

»Gehen wir dinieren oder die Stadt ansehen, Djojo?«, fragte Dieferle.

»Weder – noch«, erwiderte sie. »Im Übrigen hat es sich jetzt ausdjojot! Sie wissen genau, dass die Verlobung nur zum Schein und für die Dauer der Überfahrt geschlossen war?«

»Ich hoffte, Sie hätten das vergessen.«

»In Europa gibt es sehr viel schöne Frauen.

»Wenn Sie in mein Herz sehen könnten!«

»Reden Sie nicht immer von sich. Ich habe wochenlang kein Pferd mehr unter mir gehabt. Fahren wir in einen Tattersall.«

»In den zwei Stunden wollen Sie ...«

»Galoppieren!«

»In den Straßen?«

»Meinen Sie im Meer?«

»Das wird verboten sein.«

»Weshalb?«

»Danach dürfen Sie nicht fragen. In Europa ist alles verboten. Einen Sinn hat es selten. Man nennt es, glaube ich, europäische Kultur.«

»Ich galoppiere trotzdem – und zwar nach dem Speicher meines Vaters.«

»Der liegt weit draußen.«

»Umso besser.«

»Ein Auto wäre bequemer.«

»Nichts hindert Sie, mir in einem Auto zu folgen. Meine Frauen« – sie wandte sich an die jungen, grazilen Malayinnen – »ziehen, wie ich sie kenne, Pferde dem Benzinkasten vor.« –

Eine Viertelstunde später jagte Djojo mit ihren Dienerinnen zu Pferde durch die Straße von Triest. Die Menschen staunten das ungewohnte Bild an, und die Polizisten liefen mit gezückten Säbeln hinter ihnen her. Eine wilde Jagd begann, die erst vor dem großen Speicher Paul G. Olems endete. Djojo sprang ab und eilte in das Gebäude, während die Dienerinnen erwischt, festgenommen und trotz leidenschaftlicher Gegenreden samt den Pferden abtransportiert wurden.

Djojo ließ sich zu dem Lagerchef führen, wies sich aus und beorderte mehrere Waggons Bananen per Express an die Firma Max Sülstorff Hamburg.

Mit dem Automobil, in dem Dieferle ihr mit dem Handgepäck gefolgt war, fuhren sie dann zum Bahnhof und erreichten gerade noch den Schlafwagenzug Genua–Basel–Frankfurt–Berlin.

Zwölftes Kapitel.

Der nächtliche Umzug im Norden Berlins, dessen tieferer Sinn weder dem Publikum, das sich aus Sensationslust beteiligte, klar war, noch der Polizei, brachte große Unruhe und Verlegenheit in die Nachtredaktionen sämtlicher Berliner Blätter. Die Reporter, die sich aufgrund der einander widersprechenden unsinnigen Berichte von Teilnehmern und Augenzeugen kein rechtes Bild machen konnten, fuhren selbst an den Tatort, kamen infolge der umfassenden polizeilichen Absperrungen aber nicht über das Oranienburger Tor hinaus. In der Friedrichstraße wogten Menschenmassen hin und her, bildeten Gruppen und diskutierten leidenschaftlich. Die Dämme lagen voll von leeren Flaschen, Scherben und Speiseresten. – Die Reporter drängten sich an die Gruppen, deren Wortführer zwar auch nicht wussten, was eigentlich vorgefallen war, die aufgrund von Erfahrung aber auf alle Fälle die unklare Situation für ihre politischen Zwecke auszubeuten suchten.

»Kommunisten!«, rief ein Ballonjunge. »Die Schlacht hat begonnen! Wir haben die Schlemmerlokale der reichen Leute ausgehoben. Die Trümmer liegen auf den Straßen. Wir haben Geiseln vom Kurfürstendamm in unserer Gewalt. Die Polizei sucht sie uns zu entreißen. In der Lothringer Straße hat sich die neue Regierung gebildet. Das Ministerium ist gestürzt! Es lebe Hölz!«

Großes Hallo! Klatschen und Schimpfen folgten den Worten.

»Er hat ganz recht!«, riefen die einen, und die anderen schrien: »Der Kerl ist besoffen!«

Noch lauter ging es an der nächsten Ecke zu. Ein aufgeschossener, junger Mann, das Hakenkreuz an der Brust, stand auf den Stufen vor einer Haustür und schrie mit greller Stimme:

»Arier! Die Stunde von Deutschlands Befreiung hat geschlagen! Die Bartholomäusnacht ist angebrochen. Am Kurfürstendamm liegen dreitausend Juden erschlagen. Ludendorff steht mit einer bayerischen Brigade im Norden Berlins.«

»Siegreich wollen wir Frankreich schlagen!« stimmten Hunderte von Menschen an, während sich von der anderen Straßenseite her ein Zug unter dem Gesang der russischen Internationale in Bewegung setzte.

Ein Zusammenstoß – blutige Schlägerei – Polizei – Verhaftungen – die Reporter flüchten in ihre Redaktion zurück.

Und aus dem feuchtfröhlichen Bananenumzug harmloser Gäste der Winzerstuben machten die Zeitungen am nächsten Morgen:

»Nächtliche Putschversuche von rechts und links.« –

Die politische Polizei arbeitete fieberhaft. Von den Verhafteten wusste keiner recht etwas auszusagen. Aber das kannte man. Sie gaben an, sie hätten sich harmlos des Nachts auf dem Nachhauseweg befunden, als ein Zug von Menschen mit Musik und Gesang ihnen entgegenkam. Da seien sie einfach mitgezogen. Man hätte erst Studenten- und Soldatenlieder gesungen. Dann habe irgendwer »Hoch Ludendorff!« gerufen – und da sei es dann zu einer Schlägerei gekommen.

Albert, der verdächtige Amerikaner, wurde verhört. Er lehnte es ab, deutsch zu sprechen und forderte energisch, ihn freizulassen, da er eigens nach Europa gekommen sei, um seinen Freund, den Asienflieger Alfred Habel bei seiner Ankunft auf dem Tempelhofer Felde zu begrüßen.

»Höchst verdächtig!«, sagte der Kommissar. »Dass Sie deswegen eine solche Reise machen, glaubt Ihnen in Deutschland kein Mensch.«

»Darauf lege ich auch keinen Wert. In Amerika glaubt es mir jedes Kind. Und wenn Sie mich nicht auf der Stelle freilassen, so wird mein Botschafter intervenieren.«

Der Kommissar war aufgestanden und fragte höflich:

»Sie gestatten, dass ich mich mit Ihrem Generalkonsulat telefonisch in Verbindung setze?«

»Nein Nix von Generalkonsulat. Ich bin einer gesellschaftlich hochstehenden Dame wegen hier und wünsche mein Inkognito zu wahren.«

Das gab dem Kommissar seine Sicherheit zurück.

»So!«, sagte er, »vor zwei Minuten haben Sie erklärt, Sie seien des Asienfliegers Habel wegen nach Europa gereist. Jetzt ist der Grund plötzlich eine hochstehende Dame.«

»Ich habe die Reise nicht allein machen wollen.«

»Wir kennen diese hochstehende Dame!«

»Sie kennen die Komtess Olga von Tschochenska?«

Der Kommissar lächelte und sagte:

»Verraten!«

»Wieso?«

»Das klingt sehr russisch.«

»Vermutlich, weil sie eine ist.«

»Ein Bolschewistenputsch also!«

»Was? Die Gräfin ist ein Bol ...?«

»Sie wissen es so gut wie ich.«

»Ich habe keine Ahnung! Die Art ihres Auftretens, ihr Verkehr, ihre Familie, ihr Luxus ...«

»Erhöht nur den Verdacht. Wo finden wir sie?«

»Ich habe als Gentleman nicht das Recht ...«

»Die Polizei findet sie ohnedies. Also bitte!«

»Ich bedauere.«

»Ich muss dann annehmen, dass Sie mit ihr konspirieren.«

»Nehmen Sie an, was Sie wollen. Im Übrigen: Woher wissen Sie, dass die Komtess Bolschewistin ist?«

»Durch Sie!«

»Was? – Hören Sie mal, das ist eine Verdrehung! Das verbitte ich mir. Davon habe ich kein Wort gesagt.«

»Eben aus dem, was Sie verschwiegen haben, ziehe ich meine Schlüsse.«

»Jetzt wünsche ich doch, dass Sie die Verbindung mit dem Generalkonsulat herstellen.«

»Ich habe es Ihnen aus freien Stücken angeboten, Sie haben es abgelehnt. Ich kann den Generalkonsul nicht Ihren Launen aussetzen. Sie bleiben vorläufig in Haft. Wenn Sie Wäsche haben oder sich selbst beköstigen wollen ...«

Albert, der Amerikaner, durchsuchte seine Taschen.

»Ich habe keinen Cent bei mir.«

»Sonderbar!«

»Die Komtess wird bezahlen, sie hat mein Scheckbuch.«

»Noch sonderbarer!«, erwiderte der Kommissar und ließ den Amerikaner abführen.

Dreizehntes Kapitel.

Komtess Olga legte sich nach dieser Nacht zu einer Zeit schlafen, zu der sie für gewöhnlich aufzustehen pflegte. Dabei schlief sie immer bis tief in den Tag hinein. Als die Zofe sie mit der Meldung weckte:

»Ein Herr von der Polizei wünscht die Gräfin zu sprechen«, erwiderte sie:

»Er soll am Tage wiederkommen.«

»Es ist drei Uhr nachmittags.«

»Warum lassen Sie mich so lange schlafen?«

»Frau Gräfin haben sich erst um ein Uhr hingelegt.«

»Wo war ich solange?«

»Das weiß ich nicht. Aber wenn das Mittagsblatt sich nicht irrt« – sie reichte Komtess Olga eine Zeitung.

»Mein Bild? Wie kommt das hinein? – Was steht dadrunter? »Komtess Olga von Tschochenska, die bekannte Filmschauspielerin, die im Zusammenhang mit dem nächtlichen Bolschewistenputsch genannt wird.« – Das ist ja Wahnsinn! Erstens bin ich keine Filmdiva und dann, mit den Bolschewisten will ich nichts zu tun haben.«

Sie sah nicht, dass der Kommissar bereits im Zimmer stand.

»Der Ausschnitt aus einer Blitzlichtaufnahme von heute Nacht«, erklärte der Kommissar. »Hier ist das Gruppenbild, Sie werden nicht die Stirn haben, zu leugnen ...« – er trat mit einer Fotografie in der Hand an Olgas Bett.

»Hinaus!«, rief sie. »Was sind das für Manieren?«

»Ich bin in Ausübung meines Berufes hier.«

»Ein Mann ist zunächst mal ein Mann! Und für die Ausübung Ihres Berufes suchen Sie sich gefälligst einen anderen Ort aus als mein Bett.«

»Da Sie Ausländerin sind, so liegt Fluchtverdacht vor.«

»Sie scheinen nicht zu wissen, dass ich im Besitz eines Scheckbuchs des Amerikaners Albert Stein-Brück auf die Deutsche Bank bin – also ein Trottel wäre, wenn ich ins Ausland ginge.«

»Dies Scheckbuch verstärkt nur den Verdacht. Zu welchem Zwecke halten Sie sich in Berlin auf?«

»Das werde ich Ihnen nicht auf die Nase binden.«

»Sie müssen antworten.«

»Damit es zwei Stunden später in den Abendblättern steht. – Ich denke nicht daran!«

»Mister Stein-Brück hat bereits ein Geständnis abgelegt.«

»Das ist eine Niedertracht von ihm! Mich so zu kompromittieren! Die Idee ging von ihm aus!«

»Aha! Sehr interessant!«

»Was gehen Sie meine Privatangelegenheiten an? Oder braucht man in Deutschland, um zu heiraten, die Erlaubnis der Polizei?«

»Wen wollen Sie heiraten?«

»Ich denke, er hat es Ihnen gesagt, dass er mich mit seinem Freunde, dem Asienflieger – aber, was geht das Sie an? Sie lachen mich aus! Ich rede kein Wort mehr!« –

Sie wandte sich im Bett um und drehte ihm den Rücken zu.

»Sie werden zugeben, dass eine Gräfin, die über das Scheckbuch eines amerikanischen Millionärs verfügt, nicht mit einem Kellner und mit einem Mannequin zusammen soupiert – es sei denn, dass Sie ihn durch Geld zu Handlungen verleiten will, die ungesetzlich sind.«

»Lassen Sie mich endlich schlafen!«

»Der Mann auf dem Zeitungsbilde hier neben Ihnen und dem Amerikaner ist der Kellner Curt Dubois aus dem Hotelrestaurant Adlon.«

»Glauben Sie, dass Sie mir damit eine Neuigkeit sagen?«

»Wie kommen Sie zu solchem Verkehr?«

»Frage ich Sie, mit wem Sie umgehen?«

»Ich habe ein Recht dazu.«

»Nein!«

»Ja!«

»Nein!!«, schrie die Komtess wütend und warf die Kopfkissen, die Nachttischlampe und die Weckuhr nach dem Beamten. »Jetzt ist's genug!«

»Das werden Sie zu verantworten haben. – Der Kellner ist seit gestern Abend spurlos aus dem Hotel Unter den Linden verschwunden. Vermutlich mit Ihrer finanziellen Unterstützung. Nach dem jungen Mädchen hier« – er hatte die Fotografie noch immer in der Hand – »fahnden wir noch.«

»Die gehört doch in den Obstladen.«

»Aha! Sehen Sie einmal an, wie Sie Bescheid wissen. Da haben Sie sich verraten! Also eine Gräfin, die mit ihrer Zofe ein Appartement von drei Zimmern im Hotel Adlon bewohnt und die Nächte in einem Obstladen in der Lothringer Straße verbringt. In einem Obstladen, ohne Obst, der also nur als Deckmantel für politische Machenschaften dient. – Nun weiß ich genug. Und ich rate Ihnen, machen Sie keinen Fluchtversuch.«

»Die nächsten zwölf Stunden schlafe ich erst einmal.«

»Sie werden polizeilich beobachtet und bei dem geringsten Fluchtverdacht verhaftet.«

»Und wie lange denkt die Polizei, sich mit mir zu beschäftigen?«

»Bis Sie überführt oder geständig sind.«

»Was wollen Sie von mir wissen?«

»Die Wahrheit.«

»Unmöglich!«

»Das ist schon ein halbes Geständnis.«

»Wenn ich Ihnen die Wahrheit sage, glauben Sie mir kein Wort. Also muss ich erst etwas ausdenken, was Sie vielleicht glauben werden.«

»Wenn Sie der Polizei dasselbe Märchen auftischen wollen wie der Amerikaner ...«

»Das will ich.«

»Woher wissen Sie denn, was er gesagt hat? Das ist wiederum verdächtig. Sie haben das natürlich mit ihm vorher ausgemacht: Ihr Besuch in den Winzerstuben, um die Verlobung eines Mannequin mit einem Kellner zu feiern. Nächtlicher Auszug der Gäste aus dem Lokal, um in der Lothringer Straße Bananen zu kaufen – ja, verehrte Gräfin, sagt Ihnen denn nicht Ihr amerikanisches Gehirn, dass niemand Ihnen das glauben kann?«

»Nachmittags um drei vielleicht nicht. Aber, wenn Sie mir heute Abend das Vergnügen machen und mit mir in den Winzerstuben speisen wollen, so werden Sie in vorgerückter Stunde noch ganz andere Dinge für vernünftig halten.«

In dem Beamten erwachte angesichts dieser Aussicht der Mensch. Er empfand plötzlich die Art, wie er hier eingedrungen war und ein Verhör geführt hatte, als eines Gentleman unwürdig.

»Ich vergaß, mich vorzustellen«, sagte er in völlig veränderter Haltung.

»Etwas spät fällt Ihnen das ein.«

»Ich kam als Beamter – und mit vorgesetzter Meinung – nun aber sehe ich, dass ich es mit einer Dame von Welt zu tun habe.«

»Sie werden also heute Abend Albert, meinen amerikanischen Freund, vertreten und in den Winzerstuben mit mir speisen?«

»Es wird mir ein Vergnügen sein.«

»Ich erwarte Sie um sieben im Vestibül des Hotels.« – Sie reichte ihm aus dem Bett heraus die Hand, deren Fingerspitzen er küsste.

»Und nun gute Nacht!«, sagte sie. »Ich bin entsetzlich müde.« – Und schloss die Augen.

Der Beamte ging zur Tür, wandte sich, bevor er hinausging, noch einmal um, schlug die Hacken zusammen und sagte mit lauter Stimme:

»Polizeiassessor Falk von Stein.«

Die Komtess richtete sich im Bett auf, sah ihn erstaunt an und fragte, als sie seine Haltung und sein Gesicht sah, ängstlich:

»Großer Gott, was ist Ihnen denn?«

Der Beamte wiederholte mit der gleichen Feierlichkeit:

»Assessor Albert Falk von Stein.«

»Das macht ja nichts«, sagte die Komtess unsicher. »Und ich kann es nicht ändern – obschon mir lieber wäre, Sie hießen nicht Albert – das führt zu Verwechselungen.«

»Falk von Stein«, verkündete der Beamte zum dritten Male.

»Richtig! Ich nenne Sie ja nicht beim Vornamen – das heißt – in den Winzerstuben – müssen Sie sich auch darauf gefasst machen.« – Sie fiel todmüde in das Bett zurück.

Albert, der Assessor, verbeugte sich und ging. –

Als er die Tür hinter sich geschlossen hatte, meldete sich der Beamte wieder in ihm, und sein Gewissen fragte laut: Ist, was ich hier tue, in Einklang zu bringen mit dienstlicher Disziplin? – Für seine Gefühle war er niemandem als sich selbst verantwortlich. Seine Handlungen aber unterlagen der Nachprüfung seiner vorgesetzten Behörde. – Die würde in einem Rendez-vous mit einer des Landfriedensbruchs verdächtigen Frau einen argen Verstoß erblicken. Verschärft durch den Umstand, dass man ihn mit der Untersuchung betraut hatte. – Es sei denn – ihm kam ein Gedanke! – dass er sie bewusst an den Ort der Tat lockte, um sie in Stimmung – und – wenn sie Vertrauen gefasst hatte – zum Sprechen zu bringen. –

Ein Trick war das! Und was für einer! Seine vorgesetzte Behörde würde ihm sogar die Kosten dieses Abends ersetzen! Sie würden Sekt trinken – und, so verbraucht die Redensart: »das Nützliche mit dem Angenehmen verbinden« war – hier war sie einmal wirklich am Platze. – Heiter und mit ruhigem Gewissen sah Albert; der Assessor, dem Abend entgegen.

Vierzehntes Kapitel.

Als die Mittagsblätter, die noch völlig im Dunklen tappten, die ersten alarmierenden Nachrichten über den nächtlichen Aufruhr brachten und bereits den Verdacht aussprachen, dass der Obstladen von Max Pika in der Lothringer Straße seiner wahren Bestimmung nach der nächtliche Versammlungsort bolschewistischer Verschwörer sei, stürzte der Chef des Hauses Garis Sons, ohne anzuklopfen, in das Zimmer der Mannequins und stellte Pina Jeff zur Rede. Das heißt: Er hatte die Absicht, es zu tun. Aber er redete sich in solche Wut hinein, dass Pina, die mehrmals Anstalten machte, aufzuklären und zu widersprechen, gar nicht zu Worte kam.

Jedes Mal, wenn sie den Mund aufmachte, um etwas zu sagen, rief er, bevor sie noch ein Wort herausbrachte:

»Werden Sie nicht auch noch frech! Sie schleppen nach Geschäftsschluss hier eine fremde Person herein, eine angebliche Gräfin, die Sie auf der Straße aufgelesen haben, und die innerhalb einer Stunde Kleider im Werte von Tausenden von Mark kauft ...«

»... und bezahlt!«

»Das ist ja gerade das Verdächtige! Nennen Sie mir eine Kundin, die das tut! Geld aus Moskau! Sündengeld! Ich komme in Verdacht, ein Bolschewist zu sein und verliere meine Kundschaft! Und dieser geheimnisvolle Baron, der sich als Kellner ins Hotel Adlon schmuggelt – vermutlich, um an einem der Galaabende das ganze Hotel in die Luft gehen zu lassen.«

»Aber er hat sich doch von Ihnen engagieren lassen.«

»Um sein Alibi zu erbringen, wenn das Hotel in die Luft geht, damit er dann sagen kann, er war bei mir! Als Modeanwalt! Gibt es das überhaupt? Hat es das je gegeben? Ich werde in den Verdacht kommen, mit den Verschwörern zu konspirieren! Man wird mir das Geschäft schließen und mich verhaften.

»Aber ...«

»Ihr vieles Reden beweist nur Ihr schlechtes Gewissen. Sie haben mir die Leute auf den Hals gehetzt!« – Er stürzte an das Telefon und ließ sich mit dem Hotel Adlon verbinden: »Den Chef!« rief er in den Apparat. »Unsinn! Nicht den Küchenchef! Den Herrn vom Haus! Aber schnell!« – Er wandte sich zu Pina, die in Tränen stand. »Ich übergebe ihn der Polizei!«

»Dann lieber mich!«, flehte Pina Jeff.

Er ließ vor Schreck den Hörer fallen und rief:

»Sie geben es also zu! Mein bester Mannequin! Der Ruf meines Ateliers!« – Er nahm den Hörer wieder ans Ohr und rief in den Apparat: »Herr! Herr Chef! Einer Ihrer Kellner, Baron Dubois – Vorname? – Wie heißt er?« fragte er Pina, die erwiderte:

»Curt.«

»Curt!«, brüllte er in den Apparat. »Curt Dubois ist ein Bolschewik – wie? Er ist weg? Wohin? – Sie wissen nicht? Aber ich weiß! Lassen Sie Ihr Hotel räumen! Er sprengt es in die Luft! – Wer ich bin? Sein Chef! Das heißt: nein! Sein Chef sind Sie! Ich habe ihn nur vorübergehend ... alarmieren Sie die Polizei. Lassen Sie das Hotel nach Dynamit durchsuchen! – Die Kellner vor allem!« – Er ließ den Hörer fallen und sank mit dem Seufzer: »Ich – kann – nicht – mehr!« auf einen Sessel.

Die in Tränen aufgelöste Pina trat an ihn heran.

»Rühren Sie mich nicht an!«, rief er. »Sie haben am Ende auch Dynamit in den Taschen!« –

Er drückte auf eine Klingel und befahl einem Diener:

»Untersuchen Sie Fräulein Pina Jeff – aber erst, wenn ich draußen bin!«

Er stand auf, schlich ängstlich zur Tür, wandte sich um und sagte: »Und dann schmeißen Sie sie raus! – Ich gehe inzwischen zur Polizei – ehe sie zu mir kommt – weise meine Unschuld nach und sage, was ich weiß.«

Pina Jeff sank, halb nur noch bei Besinnung, dem Diener in den Arm, der sie mit vielem Verständnis und größerer Gründlichkeit, als notwendig war, abtastete und vor die Tür setzte.

Die arme Pina lief verzweifelt nach den Linden zu und suchte sich klar zu werden, was eigentlich vorgefallen war. Sie sagte sich, das Einfachste wäre, die Komtess aufzusuchen – aber, dachte sie weiter, entweder trifft zu, was der Chef sagt, dann war dieser Besuch mit Gefahr verbunden – oder bei dem alten Garis war eine Schraube los – und dann würde die Komtess ihren Besuch als aufdringlich empfinden. Da sie, vor dem Hotel angelangt, noch zu keinem Entschluss gekommen war, so suchte sie zunächst ein Café auf und las die Zeitungen, die sämtlich in großer Aufmachung den Fall behandelten. – »Was geht in Berlin vor?« – »Links- oder Rechtsputsch?« – »Der geheimnisvolle Amerikaner« – »Moskau marschiert des Nachts in den Straßen Berlins« – »Der russische Baron und seine Geliebte« – »Die Großfürstin und ihr Kellner.«

Pina erblasste, bestellte einen Kognak – noch einen:

»Die ganze Flasche!«,

rief sie und goss zum Erstaunen und zur Belustigung der übrigen Gäste noch ein halbes Dutzend Gläser hinunter. Dabei geriet sie in immer größere Wut. Wie die nächtlichen Vorgänge zusammenhingen, interessierte sie gar nicht mehr. Nur das Verhältnis, in dem ihr Kellner, der russische Baron, zu der Komtess Olga stand, beschäftigte sie. Russische Verschwörer beide! Und sie das unfreiwillige Werkzeug, dem man Liebe vortäuschte und das man vorschob, um abzulenken und harmlos zu erscheinen. Hätte sie es nicht merken müssen? Aber in wie viel Filmen und Romanen war sie nicht schon exaltierten Gräfinnen begegnet, die noch viel tollere und unwahrscheinlichere Launen hatten! – Der Chef von Garis Sons war also im Recht, und es war nur natürlich, dass er sie mitverdächtigte, denn sie hatte die Gräfin eingeführt, und der Baron war nicht der Gräfin, sondern ihr Verlobter – wenigstens nach außen hin. Sie hatte die Wahl, sich als Mitverschworene zu einem Komplott zu bekennen, dessen Ziele sie, die sich nie um Politik bekümmert hatte, gar nicht kannte, oder die lächerliche Figur einer getäuschten Braut zu spielen. Das Letzte ging wider ihre Ehre – das andere war gefährlich, führte wahrscheinlich ins Gefängnis, wuchs sich unter Umständen aber zu einem Sensationsprozess aus, machte sie am Ende berühmt und führte sie zum Ziel ihrer Wünsche – zum Film!

Ja, die Wege der Seele eines Mannequins sind unergründlich. Eben noch entschlossen, zu der Komtess zu stürzen, von der Rivalin Rechenschaft zu fordern und sie nötigenfalls – mit den Fäusten zu überzeugen, dass sie in Punkto Liebe nicht mit sich spielen ließ, war sie jetzt beinah entschlossen, ein paar Blumen zu kaufen, zu ihr zu gehen und sich ihr zur Verfügung zu stellen. Denn niemand konnte wissen, in welche schweren politischen Konflikte sie verwickelt wurde. – Sie sah schon ihr Bild in sämtlichen Zeitungen – und wer weiß, ob sie die Eltern dann jemals wiedersah.

Im Vorgefühl ihrer künftigen Berühmtheit bestieg sie den Aboag und fuhr nach der Lothringer Straße. – Polizisten, immer zu dritt, mit umgehängten Karabinern, defilierten auf dem Fahrdamm und den Bürgersteigen und

forderten die neugierige Menschenmenge zum Weiter-
gehen auf. – Pina drängte sich hindurch und dachte:
wenn sie wüssten, wer ich bin! –

Schon von Weitem sah sie, dass das Geschäft ihres Vaters geschlossen war. Alles staute sich davor und stierte
auf die geheimnisvollen, in den Zeitungen immer wie-
derkehrenden Worte: Max Pika, Bananenhandlung.

Pina drang bis in die Nähe der Haustür vor. Eine Kette
von Polizisten verwehrte ihr den Einlass. Schon hatte sie
auf den Lippen, zu sagen: Ich bin Pina Jeff, die Stieftochter Max Pikas. – Aber der durchdringende Blick des Polizisten mahnte sie zur Vorsicht – und so führte sie die
Hände vors Gesicht und log:

»Ich muss zum Zahnarzt, der im Hause wohnt« – und
sie durfte passieren.

Die in Tränen aufgelöste Mutter schloss sie in die Arme, drückte sie an sich und rief:

»Kind, bist du von Sinnen, dass du hierher kommst?«

Pina sah erstaunt die Alte an und sagte:

»Ja, gehöre ich denn nicht hierher?«

»Warum hast du uns das getan? Wo wir uns nie um
Politik gekümmert und nur unseren Bananen gelebt haben!«

»Du glaubst, dass ich in diese politische Verschwörung
verwickelt bin?«

»Ich weiß es, Kind! – Aber ich will es nicht wissen.
Dein verändertes Wesen ist mir schon lange aufgefallen.
Ein Kellner vom Hotel Adlon ist kein Verkehr für ein

Mannequin. Aber ich sah, du warst glücklich – darum schwieg ich.«

»Mutter!«

»Hätte ich gewusst, dass es das war!«

»Was denn, Mutter?«

»So recht weiß ich es ja auch nicht. Aber, dass Moskau seine Hand im Spiele hat, steht ja in drei Zeitungen.«

»Eine Revolution ist besser als ein Krieg!«

»Kind! Kind! Haben wir noch nicht genug gelitten?«

»Und eine Jungfrau von Orleans ist besser als ein Mannequin.«

»Eine Jungfrau – du?«

»Ich schwöre, Mutter!«

»Aber warum muss es denn die von Orleans sein?«

»Die Freiheit, weißt du – und »Nie wieder Krieg!« – »Paneuropa!« – »Der Wolgaschiffer!« – »Der Geist von Locarno!« – »Hamlet!« – »Versailles!« – »Alt-Heidelberg!« – »Der polnische Korridor!« – »Die Sowjets!« – »Schäume Maritza!« – »Fridericus Rex!«

»Kind, was ist dir?«

»Politik, Mutter!« begeisterte sich Pina. »Unser Programm!«

»Sieh dahin!«, erwiderte die Alte und wies auf Wohnung und Laden. »Die Polizei hat alles durchsucht. Sämtliche Kisten fortgeschleppt.«

»Sie waren doch leer.«

»Das ist es ja! Wenn sie voll gewesen wären! Aber so sagen sie, das Geschäft wäre nur zum Schein gewesen.

Als wenn wir dann nicht gerade zum Schein Obst und wieder Obst gehabt hätten! Gerade dann! Aber sie hörten gar nicht hin, als ich es ihnen sagte. Sie wüssten Bescheid, meinten sie. Es wäre alles klar. Und die leeren Kisten, die sie auf einen doppelten Boden hin untersuchen würden, überführten uns.«

»Es war Dynamit darin!«

»Pina, du bist irrsinnig!«

»Um das Hotel Adlon in die Luft zu sprengen.«

»Ich habe die Bananen selbst gesehen und in den Händen gehabt.«

»Hast du sie auch gegessen?«

»Nein – das nicht.«

»Siehst du!«

»Der Vater hat sie verkauft.«

»An wen?«

»Das weiß ich nicht. – Aber du machst mich ängstlich. Ich habe bisher das Ganze für einen polizeilichen Missgriff gehalten und geglaubt, es werde sich aufklären. Aber nun, wo du – Pina! Das ist ja furchtbar! Dann waren es also gar keine Bananen. – Aber es roch doch so – und es riecht hier noch immer ...«

»Die Schalen waren echt.«

»Pina!«

»Aber was innen war ...«

»Dynamit?«

»Vermutlich.«

»Und Vater wusste davon?«

»Frag' ihn.«

»Wie kann ich das, wo sie ihn doch verhaftet haben.«

Pina erschrak und rief:

»Verhaftet? – Und nach mir haben sie nicht gefragt?«

»Sie suchen dich!«

Pina schwankte in diesem Augenblick. Sollte sie sich für Ruhe oder Ruhm entscheiden? Blitzschnell überflog sie alles. Was bedeutet Ruhe? Sie sah den engen Raum und die alten Möbel. Lohnte es sich, dafür zu leben? War es nicht großartiger, berühmt zu sein – wenn auch für kurze Zeit – und für eine große Idee zu sterben? Der Gedanke, dass sie nicht wusste, was für eine Idee es war, für die sie sich opfern wollte – kam ihr nicht. Wann je hätte auch eine Frau, statt ihrer Person wegen, etwas um der Sache willen getan? Also sagte sie mit großer Geste:

»Lebend bekommen sie mich nicht!«

Jetzt wuchs auch die Mutter über sich selbst hinaus:

»Ich erkenne mein Kind nicht wieder! Aber, wenn eine innere Stimme dich treibt.«

»Ich fühle den Drang der Jungfrau in mir!«

»Dann geh', Pina!«

Pina sank vor der Alten auf die Knie und bat:

»Segne mich, Mutter!«

Die Alte legte schluchzend die Hände auf das Haupt des Kindes. Pina senkte den Kopf, erhob sich und ging hinaus.

Als sie aus dem Haus trat, fragte sie der Polizist:

»Na, Fräulein, sind die Zahnweh besser?«

143

Pina sah ihn entgeistert an und erwiderte kalt:

»Was wollen Sie von mir? Ich bin die Bananenjungfrau.«

Sie mischte sich eilig unter die Menge.

»Wa ...?«, sagte der Polizist und lachte, da er es für einen Witz hielt. Dann war ihm plötzlich, als wenn ihm jemand einen Schlag vor den Kopf gab:

»Ba–na–nen–Jung–frau,« wiederholte er, sah in der Richtung, in der sie gegangen war, wandte sich nach dem Schild: »Max Pika – Bananen« um, zog ein Papier aus der Tasche, entfaltete es und sah einen Ausschnitt aus der nächtlichen Aufnahme, ein weibliches Bild, das dieser Bananen-Jungfrau auffallend ähnlich sah. Darunter stand:

»An sämtliche Mannschaften!

Oben abgebildetes junges Mädchen, angeblich die Tochter des Bananenhändlers Max Pika in der Lothringer Straße, ist der Teilnahme an einer fortgesetzten, strafbaren Handlung (vermutlich § 82/84 des St.G.B.) dringend verdächtig und daher festzunehmen.«

Der Polizist wollte ihr nachstürzen. Ein Offizier brüllte ihn an:

»Wohin?«

»Die Bananen-Jungfrau!«, erwiderte der Polizist und wies nach der Richtung, in der sich Pina entfernt hatte.

»Total überkandidelt!«, schnauzte ihn der Offizier an. »Sie stehen hier Posten und nicht auf Anstand auf Jungfrauen! Das können Sie in Ihrer freien Zeit besorgen.«

»Aber ich wollte ja gar nicht ...«

»Mund gehalten! Dulde keinen Widerspruch! – Jagd auf Jungfrauen am hellerlichten Tage – und mitten im Dienst – so was ist auch nur in der Republik möglich.«

Fünfzehntes Kapitel.

Djojo war in Triest noch in aller Eile auf die Polizei gestürzt, um ihre malayischen Dienerinnen freizubekommen. Ebenso liebenswürdig wie bestimmt wurde ihr bedeutet, dass sie groben Unfugs wegen acht Tage Haft abzusitzen hätten. Djojo versuchte es erst mit Liebenswürdigkeit, auf die der italienische Beamte auch einging, ohne aber seinen Spruch zu ändern. Sie versuchte es mit Geld, indem sie dem Polizeioffizier ihr Scheckbuch unter das Gesicht hielt. Das hatte zur Folge, dass der Offizier nicht das Scheckbuch, wohl aber die Hand nahm, sie zum Munde führte und sagte:

»Die Hand ist so schön, dass ich nicht auf das achte, was sie birgt – weil ich sonst gezwungen wäre, auch Sie an der Weiterreise zu hindern und hierzubehalten.«

Djojo war mit einem Satz an der Tür. Dort wandte sie sich noch einmal um, nahm eine Blume, die sie am Jackett trug, warf sie ihm auf den Tisch und rief:

»Auf Wiedersehen!«

Dann suchte sie schnell noch einen Anwalt auf, unter dessen Schutz sie ihre Dienerinnen stellte, und kam gerade noch rechtzeitig genug auf den Bahnsteig – auf dem Dieferle erregt herumlief und das Gepäck alle paar Augenblicke in das Abteil bringen und wieder herausholen ließ –, um in den abgehenden Zug zu springen.

Sie zog den kopflos auf dem Bahnsteig stehenden Dieferle mit einem kräftigen Ruck in den fahrenden Zug. Träger warfen die Gepäckstücke ohne Rücksicht auf Dieferle, der ihnen als Zielscheibe diente, nach, Djojo warf ihnen Hände voll Silbermünzen in die Mützen und lenkte durch ihre Ausgelassenheit die Augen aller Reisenden auf sich.

Als sie endlich in ihrem Abteil saßen und das Gepäck mithilfe des Schaffners verstaut hatten, lag Triest bereits hinter ihnen.

»Wenn Sie sich in Berlin auch so blöd benehmen«, sagte Djojo, »schicke ich Sie als Muster ohne Wert an Papa zurück.«

»Das Tempo ...«, wandte er ein, und sie fiel ihm ins Wort und sagte:

»Sollten Sie bei mir gewöhnt sein.«

»Vorgestern noch ohne Hoffnung, gestern verlobt, heute entlobt – was wird morgen sein?«

»Ich kann Sie beruhigen: als mein Verlobter kommen Sie auch nicht aushilfsweise mehr infrage.«

»Ich weiß nicht, ob Sie mein Temperament kennen, Miss Djojo?«

»Ich lege keinerlei Wert darauf, es kennenzulernen.«

»Leider! – Aber ich bin von Sumatra aus gewöhnt ...«

»Auch Ihre Gewohnheiten interessieren mich nicht.«

»Man hat mir gesagt, dass die Frauen in Europa kalt sind.«

»Wenn Sie frieren, reisen Sie nach Haus!«

»In Ihrer Nähe, Miss Djojo, gleiche ich einem glühenden Ofen.«

»Die europäischen Frauen werden das vielleicht mehr schätzen als ich. Jedenfalls sind Sie für die Dauer meines Berliner Aufenthalts beurlaubt.«

»Meine Verantwortung Herrn Paul G. Olem gegenüber ...«

»... verlangt, dass Sie mich nicht länger mit Ihren Sympathiekundgebungen belästigen.« –

Auf der ersten Station kaufte Djojo sich sämtliche illustrierte Blätter Europas und suchte darin Bilder von Harry. Wütend warf sie Blatt nach Blatt aus dem Fenster des fahrenden Zuges, ging den Zug ab, bat, entgegen Takt und Gewohnheit, Reisende, die illustrierte Blätter lasen, um die Erlaubnis, einen Blick hineinwerfen zu dürfen, begann, wo sie deutsch sprechen hörte, ein Gespräch und brachte geschickt die Rede auf den schönen Harry. Ein paar blonde Damen erzählten begeistert von ihm:

»Der schönste Mann Europas. Zwar ein wenig dumm – aber das steht ihm so gut.«

»Er hat kluge, blaue Augen«, sagte Djojo.

»Dunkle!«, widersprach eine Dame.

»Aber sein Haar ist blond.«

»Er sieht so verschieden aus. Wenigstens auf Bildern. Mal blond, mal dunkel. Das macht ihn so interessant.«

»Eins von beiden kann er doch nur sein. Oder glauben Sie, dass er sich färbt? Das wäre grässlich.«

»Vielleicht einer Frau zuliebe.«

»Welcher Frau?«, fragte sie wütend.

»Harry hat Hunderte.«

»Aber er liebt sie nicht!«

»Sie kennen ihn persönlich?«, fragte eine der Damen interessiert. Und Djojo erwiderte:

»Ich bin seine Braut!«

Da rissen die Damen den Mund weit auf und überschütteten sie mit Fragen – in der für Frauen typischen Art, ohne eine Antwort abzuwarten, dann holten sie aus den Handtaschen ihre fotografischen Apparate heraus und fotografierten Djojo.

»Er wird in Berlin am Bahnhof sein?«, fragten sie in freudiger Erwartung.

»Nein! Ich überrasche ihn.«

»Und wenn Sie ihn mit einer seiner vielen Freundinnen überraschen?«

»Dann schlage ich ihn kurz und klein.«

Das hatte zur Folge, dass die Damen während des Aufenthaltes in München dringend an Harry Sülstorff, dessen Adresse sie in dem Berliner Telefonbuch fanden, telegrafierten:

»Vorsicht! Ihre Braut überrascht Sie. Zwei um Ihr Leben besorgte Verehrerinnen.« –

Als Harry mit dem Baron Curt aus Hamburg kommend in seine Berliner Wohnung kam und das zweite Telegramm vorfand, sagte er:

»Kein Zweifel! Diese Djojo ist geisteskrank. Vermutlich religiös verrückt, wie die meisten Indier.«

»Wieso Indier?«, fragte Curt, und Harry erwiderte etwas zaghaft:

»Nun ja, Sumatra. Das ist doch da so herum. Das Land der religiösen Fanatiker. Sie hat mein Bild irgendwo gefunden, und irgendein Hindupriester hat es ihr dahin gedeutet, dass sie mich opfern muss, um die ewige Seligkeit zu erlangen.«

»Sie glauben, dass es so etwas gibt?«, fragte Curt mit einem nicht gerade schlauen Gesicht.

»Ich habe ähnliches mal gelesen – in einem Magazin.«

»Und die Pointe?«

»Man fand den Europäer eines Morgens vergiftet in seinem Bett. Niemals erfuhr man etwas von den näheren Umständen.«

Curt dachte nach und sagte ernst:

»Dann war es also ein ganz guter Gedanke von Ihnen, dass wir beide unsere Rollen tauschten.«

»Bestimmung!«, erwiderte Harry, der gar nicht so dumm war. »Aber gerade darum wäre es zwecklos, unsere Abmachung aufzuheben. Es würde doch immer Sie treffen.«

»Nette Aussichten.«

‚«Die Liebe war also nur ein Vorwand. Mir kam es ja gleich etwas fantastisch vor, dass eine Frau eines Mannes wegen, den sie gar nicht kennt, von Sumatra nach Deutschland fährt. Ich muss sagen, ich bin ganz froh, hinter den wahren Grund gekommen zu sein.«

»Ich weniger,« erwiderte Curt. »Auf jeden Fall werde ich in Berlin sofort den Schutz der Polizei erbitten.«

»Glauben Sie, dass die Berliner Polizei gegen den Furor und die List religiös besessener Inder etwas ausrichten wird?«

»Kaum.«

»Nun also! In einem Fall wie in diesem gibt es nur ein Mittel: Der Gefahr ins Auge sehen und den Gegner überlisten – wie ich es tue.«

»Sie hatten Glück! Aber ich werde kaum jemand finden, der an meine Stelle tritt.«

»Selbst ist der Mann!«

»Demnach müssten Sie ...«

»Ein Mann, ein Wort.«

»Sie machen mich nervös mit ihren Sprichwörtern. Ich habe mich aus den Klauen der Bolschewisten in Moskau gerettet, ich werde auch mit diesen Asiaten fertig werden.« –

Als die beiden jungen Leute in Berlin ankamen, hatte Djojo bereits ihren Einzug ins Hotel Adlon gehalten. Der Empfangschef, der auf eine dreiköpfige Dienerschaft vorbereitet war und sich dementsprechend feierlich eingestellt hatte, war enttäuscht und fand den Grund, den Djojo für das Ausbleiben der Malayinnen gab. Etwas merkwürdig. Aber der Berg von Koffern und Djojos unbekümmerte Lustigkeit machten ihn unsicher. Er hätte sonst den Gedanken, dass er es hier mit einer internationalen Hochstaplerin zu tun hatte, zu Ende gedacht. So aber begnügte er sich damit, dem Hoteldirektor einen Wink zu geben und abzuwarten.

In ihrem Zimmer fand Djojo einen großen Strauß Orchideen mit einer Karte, auf der nichts weiter stand als: »Harry.«

Djojo schloss die Augen für ein paar Sekunden und überlegte: Was ihr da unten im Übermut unter Palmen und blauem Himmel als toller Einfall erschienen war, bekam hier im rauen Norden Europas unter grauem Himmel ein beinahe ernstes Gesicht. Dort unten lebte man bei vierzig Grad immer in einer Art Fieber, hier aber überlegte man nüchtern und kühl – und da erschien es, dass die Art ihrer Werbung ungewöhnlich und wenig weiblich war. Dies letzte kränkte sie so sehr, dass sie einen Augenblick lang ernstlich erwog, ob sie nicht wieder umkehren sollte, ohne Harry überhaupt gesehen zu haben. – Sie stürzte ans Telefon, ließ sich den Direktor rufen und fragte unvermittelt:

»Wann geht das nächste Schiff nach Sumatra?«

»Nach Sumatra?«, erwiderte der verdutzt. »Gnädige wollen – wo Sie doch kaum angekommen sind?«

»Heute noch, wenn es möglich ist.«

»Ich werde nachsehen lassen«, erwiderte der Direktor in unbewusst verändertem Tonfall. Denn er sah seinen Verdacht in dieser beschleunigten Abreise, die ja nichts anderes als eine Flucht sein konnte, bestätigt.

Der Hoteldetektiv setzte sich mit der Polizei in Verbindung. Deren politische Abteilung arbeitete gerade fieberhaft in der Bananenangelegenheit. Und als sie den ersten Spaziergang Djojos dazu benutzte, eine Durchsuchung ihrer Zimmer vorzunehmen, ein Album mit Fotografien von Bananenplantagen und einen Eilfrachtbrief über den Transport mehrerer Eisenbahnwaggons Bananen von Triest nach Hamburg fand – da war man sicher, die Fäden dieses politischen Putsches entdeckt zu haben.

Der Direktor der Abteilung Ia im Polizeipräsidium konfiszierte in Abwesenheit Djojos die belastenden Beweisstücke. Aus ihnen und einer Reihe andrer Papiere ging hervor, dass der Ursprungsort Sumatra war. Einer der Kommissare erlaubte sich die Frage:

»Gehört Sumatra denn zum russischen Sowjetstaat?«

»Zu Niederländisch Indien«, erwiderte der Direktor. »Das besagt nichts und alles und beweist nur das Raffinement, mit dem die Moskauer Regierung Putsche inszeniert. Sie geht auf Umwegen vor und glaubt, wenn wir statt Dynamit aus Moskau feststellen: Bananen aus Sumatra – dass wir uns damit von der Harmlosigkeit des Unternehmens überzeugt haben. Aber damit gerade verraten Sie sich!«

»Bei der Rückkehr also verhaften?«, fragte der Kommissar.

»Im Gegenteil! In Sicherheit wiegen! Aber nicht aus den Augen lassen! Auf Schritt und Tritt verfolgen.« –

Die ahnungslose Djojo lief inzwischen etwas bedrückt, aber doch, wie alle Frauen, neugierig und besonders von den Schaufenstern der Modehäuser angezogen, in den Straßen Berlins umher. Ohne Dieferle, den sie beurlaubt hatte:

»Sehen Sie sich die europäischen Frauen an!«, hatte sie zu ihm gesagt. »Die fliegen auf einen Typ wie Sie!«

Und Dieferle, der von Sumatra noch nicht heruntergekommen war und noch nie eine blonde Frau gesehen hatte, benahm sich, kaum, dass er das Hotelzimmer verlassen hatte, wie ein Schulbub. Schon im Vestibül stierte er die erste blonde Frau, eine Amerikanerin, so ungeniert an, dass die empört den Mund verzog und ihm den Rücken kehrte. Ein paar Schritte weiter stieß er auf ein paar blonde junge Mädchen, blieb wieder stehen, lachte sie ungeniert an und klatschte vor Freude in die Hände. Die Mutter trat an ihn heran und sagte empört:

»Sie scheinen verrückt zu sein, mein Herr!«

Vorn am Zeitungsstand kaufte eine elegante Engländerin die Times. Von ihrer Blondheit geblendet, trat er dicht an sie heran, ergriff ihre Hand und führte sie zum Munde. Die Dame fiel vor Schreck dem Verkäufer in die Arme. – Im selben Augenblick erschien ihr Mann, der den Vorgang von Weitem beobachtet hatte – es erschien der Vater der blonden jungen Mädchen und der Onkel der Amerikanerin und stellten ihn zur Rede. Von jedem der drei erhielt er hintereinander und unter dem Gelächter der Damen ein paar schallende Ohrfeigen. Eins – zwei, eins – zwei, eins – zwei – in schnellstem Tempo. Knallrot schwollen die Wangen an. Er taumelte, riss im Fallen Dutzende von Büchern und Zeitungen von dem Stand, die der Verkäufer schnell zusammenraffte, einwickelte und ihm, der gerade wieder zu sich kam, unter den Arm schob. Er zahlte und schlich nach diesem eindrucksvollen Debüt zur Tür. Ein Europäer hätte für die nächsten acht Tage von den Frauen genug gehabt. Anders ein Halfkast aus Holländisch Indien. Er musste, bevor er die Tür erreichte, bei den Fernsprechzellen vorbei und sah schon von Weitem den blonden Hinterkopf des mit den Hörern bewaffneten Telefonfräuleins. Er ging noch ein paar Schritte weiter, blieb dann ängstlich stehen, als wenn er sich nicht bei ihr vorbei traute. Aber ein Spiegel an der Wand hatte dem blonden Kind längst seine Nähe verraten. Sie wandte sich nach ihm um – sah ihn an – lächelte.

Vor Schreck oder Freude fiel ihm das Paket aus dem Arm. Zeitungen und Bücher stürzten zur Erde. Er bückte sich. Aber schon hatte das blonde Fräulein die Hörer abgelegt, stand neben ihm und war ihm behilflich.

»Wohnt der Herr im Hotel?«, fragte sie auf Englisch.

»Vorläufig noch«, erwiderte er. »Aber ich fürchte« – und er hielt sich die Wangen – »nicht mehr lange.«

Das Fräulein rief einen Pagen, der Zeitungen und Bücher aufhob.

»Ihre Zimmernummer?«, fragte sie.

Dieferle strahlte über das ganze Gesicht und gab ihr den Schlüssel. Und sein Gesicht wurde nicht klüger, als das blonde Fräulein den Schlüssel an den Pagen weitergab und ihm auftrug, die Sachen auf Dieferles Zimmer zu tragen. – Er stand noch auf demselben Fleck und sah verdutzt dem Pagen nach, als das Mädchen mit den Hörern an den Ohren schon wieder an ihrem Platze saß und Verbindungen herstellte. Er trat an sie heran und sagte:

»Kommen Sie mit mir! Zeigen Sie mir Berlin!«

»Von sechs Uhr ab bin ich frei.«

»In einer Stunde also. Aber wo?«

»Gehen Sie mit mir ins Palais.«

Er verabredete, gab ihr die Hand und ging dann die Linden herunter. Er sah in jedes Geschäft, und wo er eine blonde Verkäuferin entdeckte, ging er hinein, kaufte etwas und lud sie ins Palais. Meist waren die Mädchen bis sieben beschäftigt. Vielen erlaubte der Chef, nachdem er Dieferle die unmöglichsten Waren aufgeschwatzt hatte, früher zu gehen. Als er an der Passage war, eskortierte ihn bereits ein Dutzend blonder Mädchen. – Trotzdem lud er im Palais sämtliche Blondinen an seinen Tisch, der länger und länger wurde. Und als es sieben schlug, kam aus jedem Laden unter den Linden mindestens ein blondes Mädchen, das sich eilenden Schrittes zum Palais begab. Dieferle tanzte mit allen und tobte sich aus.

Zur selben Zeit kleidete sich Djojo in den Modehäusern neu ein. Das Stubenmädchen im Hotel hatte ihr unter anderen Firmen besonders Garis Sons empfohlen. Denn sie hatte bei Komtess von Tschochenska, die auf der gleichen Etage wohnte, die herrlichen Kleider gesehen und wusste auch von Curt, dem Kellner, dass es eine erste Firma war.

»Berufen Sie sich nur auf die Gräfin von Tschochenska«, riet ihr das Zimmermädchen. »Dann werden Sie bestimmt gut bedient. Denn die hat noch und noch gekauft.«

Djojo folgte dem Rat, woraufhin zunächst die Direktrice sowie sämtliche Verkäuferinnen und Mannequins, die ihr diensteifrig entgegengekommen waren, kehrt machten und zu dem Chef stürzten, in dessen Privatbüro sich folgende Szene abspielte:

»Herr Garis, eine Freundin von der Komtess ist da!«, riefen sie zehnstimmig.

»Schmeißt sie raus! Holt die Polizei!«

Die Direktrice und ihr Gefolge machten kehrt.

Garis lief dem Rudel nach, stellte es auf der Treppe und kommandierte:

»Ins Büro zurück!«

Dort fragte er:

»Wie sieht sie aus?«

»Jung und schön!«

»Trägt sie viel Schmuck?«

»Gar keinen.«

»Also verlangt sie auch keinen Kredit. Die Gräfin hat auch bar bezahlt. Was geht uns an, ob sie ist politisch links oder rechts. 'N Modesalon is kein Wahlbüro.«

»Also vorführen?«

»Wie heißt sie?«

»Sie hat so etwas gesagt wie Olem.«

»Scholem. Kenne ich! N' galizische Jüdin.«

»So sieht sie nicht aus.«

»Sie werden mir sagen! Verkaufen Sie ihr den Bowel von Schlesinger und Basch in Breslau – was sag' ich? Breslau? – Sie sagen: Pariser Modelle – unausgepackt – aber verdecken Sie die Etiketten!«

Die zehn bewegten sich wieder zur Tür.

»Aber gegen Kasse – mit zehn Prozent Aufschlag – und fünf Prozent Rabatt! – Und wenn sie bezahlt hat und is weg, rufen Sie bei der Polizei an: Herr Max Garis lässt sagen, es sei schon wieder 'ne verdächtige Frauensperson da gewesen – namens Scholem, und hat sich auf die Gräfin Tsche–tscho–hska besogen. Die Polizei soll besser aufpassen! Mein Atelier is keine Retero für bolschewistische Verschwörer. Sagen Sie das! – Aber erst zahlen lassen. – Und dann raus! – Verstanden?«

Als die Direktrice mit den Verkäuferinnen und Mannequins wieder nach unten kam, hatte Djojo den ganzen Laden von oben nach unten gekehrt. Auf den Sesseln, Stühlen, auf der Erde lagen die Kostüme herum, während die Schränke leer waren. Sie selbst stand in einer eleganten Toilette vor dem Spiegel.

Bevor die Direktrice vor Staunen ein Wort herausbrachte, sagte Djojo:

»Man hat mir in Indien viel von den automatischen Geschäftsbetrieben in Amerika und Europa erzählt – bequem ist das nicht, wenn man sich jedes Stück selbst herausnehmen und überziehen muss.« – Sie wies auf einen Tisch, auf dem ein halbes Dutzend Mäntel und Kleider lagen. – »Rechnen Sie das zusammen und schicken Sie es mir in das Hotel.«

»Aber, gnädige Frau können doch unmöglich ohne Anprobe ...«

»Ich habe vierundzwanzig Kleider anprobiert.«

»In den paar Minuten?«

»Es war eine Ewigkeit! – Vorwärts! Rechnen Sie! Was schuld' ich Ihnen? – Eine Stadt ohne Tempo ist dies Berlin. Bei uns, da tobt man entweder oder man schläft. Meist schläft man freilich. Aber wenn man wach ist, dann döst man nicht. – Haben Sie nun endlich zusammengezählt?«

»Wir werden eine Schneiderin mit den Sachen ins Hotel schicken – falls Änderungen nötig sind.«

»Ausgeschlossen! Wie oft soll ich anproben? Ich erwarte die Sachen in zehn Minuten. Ich reise! – Also? Der Preis?«

Die Direktrice reichte den Block, Djojo bezahlte, zog dem Personal, das wie die Ölgötzen dastand, ein Gesicht und verließ eilig den Laden.

»Die hat es in sich!«, sagte die Direktrice, und der Chef von Garis Sons, der von der Estrade aus den Vorgängen gefolgt war, stürzte die Treppe hinunter und rief:

»Eine Hochstaplerin großen Stils!« – Dann riss er der Direktrice das Geld aus der Hand, betrachtete es und fuhr fort: »Aber sympathisch! Sehr sympathisch! – Verständigen Sie sofort die Polizei!«

Sechzehntes Kapitel.

Der Kapitän und Commissario der »Venezia« hatten pflichtgemäß bei ihrer Ankunft in Triest die Polizei über den Brillantendiebstahl an Bord und die Flucht des Diebes verständigt. Das hatte zwar nicht zur Folge, dass die italienische Polizei das Meer absuchen ließ, in der Hoffnung, den Schmuck bei dem Leichnam zu finden. Da aber unmittelbar darauf die Meldung einging, dass auf dem Flugplatz am selben Tage einem Fremden namens Pampers sein auf Berlin lautender Pass gestohlen worden sei, dass dieser Fremde wenige Stunden nach der »Venezia« auf einem deutschen Schiff in Triest angekommen war, dass die »Venezia« dies Schiff kurz vor der Einfahrt in den Triester Hafen überholt habe und dass der Besatzung dieses Schiffes am letzten Reisetage ein bisher unbekannter Mann aufgefallen sei, der sich durch sein scheues Wesen verdächtig gemacht habe und der genau so unbemerkt, wie er erschienen, vom Schiffe auch wieder verschwunden sei – da kombinierte die Polizei. Sie wandte sich an das Berliner Polizeipräsidium mit dem Ersuchen, nach einem Manne zu fahnden, der auf den Pass Pampers reiste und dringend verdächtig war, auf der »Venezia« der Miss Djojo Olem aus Sumatra Schmuck im Werte von mehreren Hunderttausend Mark geraubt zu haben.

Aber nicht nur die italienische Polizei in Triest kombinierte. Auch der »Bandit« war schlau genug, sich bereits auf dem Wege nach Berlin zu sagen, dass der Bestohlene den Verlust seines Passes melden und die Fahndung auf den mit seinem Pass reisenden Dieb veranlassen würde. Er zog es aus Gründen der Sicherheit also vor, die Reise von Triest nach Berlin als blinder Passagier zu machen – teils auf dem Verdeck eines Eisenbahnwagens, teils als mit Ruß bedeckter Lokomotivheizer, der die Abteile des D-Zuges abging, um einen angeblichen Heizungsdefekt zu beseitigen. Auch diese Eisenbahnfahrt gestaltete sich zu einer unerwarteten Erwerbsquelle. Denn die mit Reisenden vollgestopften Gänge, die er mehrmals abgehen musste, brachten ihn so nahe in körperliche Berührung mit den Reisenden, dass er es in seiner Verbrechermoral beinahe als schuldhaftes Unterlassen betrachtet hätte, wenn er nicht Brieftaschen, Schmuck und andere Gegenstände hätte mitgehen lassen. Kurz vor der Grenze bugsierte er einen Kellner des Speisewagens, der ungefähr seine Figur hatte, in die Toilette, zwang ihn, seine Livree auszuziehen und ihm beim Aus- und Einkleiden behilflich zu sein. Auf dieser Toilette fand man später nicht nur den entkleideten, vor Schreck bewusstlosen Kellner, sondern auch sämtliche gestohlenen Gegenstände in einem Beutel, an dem ein Zettel mit der Aufschrift hing: »Wollen Sie sich vor Wiederholung schützen, so schreiben Sie unter J. N. H. 74 postlagernd Berlin W 8.«

Als der Zug in den Münchener Hauptbahnhof einfuhr, sah der als Kellner verkleidete »Bandit«, wie sich auf dem gegenüberliegenden Gleise aus dem Schlafwagenzug München–Berlin ein Mann herausbeugte und fast den Kopf nach einer blonden Frau ausrenkte, die auf dem Bahnsteig von einem Manne Abschied nahm. Er erkannte sofort: Es war der Halfkast, der ihn auf der »Venezia« verfolgt und gestellt hatte. Er sprang aus dem noch fahrenden Zuge und schwang sich auf das Trittbrett des Schlafwagens, als der sich eben in Bewegung setzte. Und als die Lichter in den Schlafwagen erloschen, begann er mit dem Kondukteur ein Gespräch und ließ sich die Liste der Reisenden zeigen: Bett 7–8 war von Miss Djojo Olem, Bett 8–9 von Secretario Dieferle aus Sumatra belegt. – Er schlich eine Stunde später in das Abteil 8–9, nahm aus Dieferles Rocktasche dessen Pass und vertauschte ihn mit dem von Pampers. Er suchte eben den Waschtisch mit seiner Taschenlaterne ab, als Dieferle erwachte und in dem Spiegel über dem Waschbecken die ihm bekannte Nase des Banditen sah, die deutlich noch den Abdruck seiner Zähne zeigte. – Wo war er? Träumte er? Sah er Gespenster? Lag er in der Kabine seines Schiffes? – Ehe er sich Klarheit verschaffte und das elektrische Licht anknipste, war der Bandit längst in einer der Toiletten verschwunden. Dieferle suchte die Waschtoilette ab. Da lag sein Schmuck, sein Geld, seine Uhr. Also hatte er geträumt. Erst am nächsten Morgen, als Djojo zu ihrem Erstaunen in ihrer Reisetasche obenauf ihren Ring mit der schwarzen Perle fand, der ihr mit dem andern Schmuck aus der Kabine gestohlen worden war, erzählte er sein Erlebnis.

Djojo glaubte kein Wort. Ihr Verdacht lenkte sich auf Dieferle. Und sie nahm sich vor, ihn zu beobachten und auf die Probe zu stellen. –

Der Bandit war aber nicht nur ein waghalsiger und gefährlicher Verbrecher, er war auch eine problematische Natur. Von wo kam er? – Wohin ging er? Ein Verbrecher seines Grades pflegte als Grandseigneur und nicht, wie er, mit Ballonmütze und abgerissenem Schuhzeug zu reisen.

Siebzehntes Kapitel.

Als Pina Jeff, die von ihrer politischen Sendung erfüllt und überzeugt war, in einem Aboag von der Lothringer Straße ins Hotel Adlon fuhr, um sich der Komtess Olga zur Verfügung zu stellen, hatte sie das Gefühl, dass jeder Fahrgast sie musterte und an ihr etwas Besonderes fand. Sie glaubte sich mehrmals erkannt, stieg aus und wechselte den Wagen. Aber immer wiederholte es sich, dass man sie ansah und sie anlächelte, als wollte man sagen: Es nützt dir nichts! Wenn du den Kopf auch noch so tief in den hohen Kragen steckst, man erkennt dich doch.

Dabei war sie doch daran gewöhnt, dass man sie ansah, ihr zulächelte, nahe an sie heranrutschte und gelegentlich auch ansprach. Sie hatte bisher nie daran gedacht, dass sie dies Interesse etwas anderem als ihrer hübschen Erscheinung verdankte. Heute plötzlich war es der Ruhm, das Zeichen einer hohen Sendung, die man ihr von dem Gesicht ablas, und die – so folgerte sie mit der Freude am Abenteuerlichen – ihre Sicherheit gefährdete.

Sie erinnerte sich eines Films, in dem eine Spionin alle paar hundert Meter in einer andern Maske auftrat. Also unterbrach sie den Weg zum Hotel und ging in der Mittelstraße zu einem Friseur.

»Können Sie mich durch eine andere Frisur so verändern, dass meine Freundinnen mich nicht wiedererkennen?«, fragte sie.

»Knorke!«, flüsterte der Friseur seinem Kollegen zu, und zu Pina gewandt, sagte er: »Gnädiges Fräulein haben vermutlich vor, sich in ein Liebesabenteuer zu stürzen.«

»Habe ich nötig, es Ihnen auf die Nase zu reiben? Wenn Sie es nicht können, sagen Sie's – und ich gehe zu dem Coiffeur nebenan.«

Sein Ehrgeiz erwachte, und er holte einen Haufen Perücken.

»Mit rotem, langem Haar wird man mich nicht kennen – wenn Sie es mir tief ins Gesicht frisieren.« – er setzte ihr die Perücke auf – »wüst sieht das aus – wie eine Feuerreiterin.«

»Was ist das?«, fragte der Friseur.

»Ich weiß nicht. Aber ich denke mir ...«

»Eine junge Hexe kann nicht schöner aussehen.«

»Färben Sie auch die Augenbrauen rot – und dann legen Sie braun auf – das steht zu rot. Weiß sieht tot aus.«

»Ob Sie so jemand wiedererkennt?«

»Das werden wir gleich sehen«, erwiderte Pina. »Draußen steht ein Herr im Pelz, der mich am Bahnhof Friedrichstraße angesprochen und hierher begleitet hat. Ich habe ihm gesagt: Warten Sie vor dem Friseurgeschäft. Es dauert zwanzig Minuten. Wenn Sie das aushalten bei der Kälte, nehme ich Ihre Einladung zum Essen an.«

Das steigerte den Ehrgeiz des Friseurs, der schnell noch eine Locke in die Stirn legte und mit einem Stift ein paar Ränder unter die Augen zog.

Pina behielt den Hut in der Hand, zahlte und ging hinaus. Ihr Herr im Pelz stand vor der Tür und sah sie an. Aber er dachte nicht einen Augenblick, dass es die Dame war, die er hierher begleitet hatte. Er sah ihr wohl nach, weil sie ihm gefiel – fast besser als die Schwarze. Aber dann wandte er sich wieder zur Ladentür, hinter der jetzt der Friseur stand und ihn auslachte. Der Herr kehrte ihm wütend den Rücken, ging über den Damm und verschwand hinter einer Haustür, von der aus er das Geschäft gegenüber beobachten konnte.

Pina fand, dass man sie jetzt noch mehr anstarrte. Aber als der Portier und der Zimmerkellner auf der ersten Etage des Hotels sie nicht erkannten, war sie zufrieden. Sie blieb vor jedem Spiegel stehen, fand, dass sie apart und interessant aussah, und war begierig, was die Komtess wohl zu ihr sagen würde.

Die saß, als Pina den Salon betrat, um sieben Uhr abends, gerade beim ersten Frühstück, das sie ihrer Gewohnheit gemäß im Bett einnahm. – Pina blieb in der Tür stehen und sagte höflich:

»Guten Abend, Frau Gräfin!«

»Guten Morgen!«, erwiderte die. »Wer sind Sie und was wollen Sie?«

»Kennen Sie mich wirklich nicht?«

»Pina! – Sie sind verrückt! Wie sehen Sie aus! Hinreißend! – Ich habe Sie nur an Ihrer Stimme erkannt.«

Pina trat an das Bett heran, reichte ihr die Hand und sagte mit feierlicher Stimme:

»Verfügen Sie über mich!«

»Was soll das heißen?«

»Ich bin im Bilde.«

»In was für einem? – Richtig, so ein Kommissar war hier und hat es mir gezeigt. Das Bild in der Zeitung. Ich begreife nichts.«

»Sie stellen mich auf die Probe.«

»Zu welchem Zweck sollte ich das tun? – Ja, sind hier denn alle Menschen verrückt? Gibt es keinen Normalen mehr? Sagen Sie mir endlich: was ist eigentlich los? Was bedeutet Ihr Aufzug?«

»Ich glaube an Bestimmung.«

»Unsinn! Das ist ein Standpunkt für Faulpelze, Idioten und Verbrecher. Jeder macht sich sein Leben selbst!«

»Ich opfere mich für eine große Sache.«

»Kind, ich habe Angst um Sie.«

»Was liegt an meinem Leben, wo es sich um das Schicksal eines Volkes handelt?«

»Was für eines Volkes?«

»Der Welt!«

»Sie sprechen im Fieber.«

»Paneuropa!«

»Sie leiden am politischen Wahnsinn! Der neuen Weltkrankheit!«

»Der Geist von Locarno soll über die Menschheit kommen!«

»Was geht das Sie an?«

»Nie wieder Krieg! – Die Pferde sind gesattelt! – Caesare Borgia.«

Komtess Olga zog Pina zu sich auf das Bett, legte den Arm um sie und sagte:

»Armes Kind! Wer hat Sie auf dem Gewissen?«

Pina sah Olga an und erwiderte:

»Ich habe Ihnen verziehen.«

»Sie – mir?«

»Sie mussten – auf Befehl der Sowjets handeln! Aber der Baron hat mit meiner Liebe gespielt – statt mich einzuweihen in Ihre Pläne!«

»Gehen Sie zur Polizei. Das sind die einzigen Menschen, die Sie vielleicht verstehen – denn so etwas Ähnliches haben die mir auch erzählt.«

»Es gibt kein Zurück mehr.«

»Kommen Sie unter die kalte Dusche!«, sagte Komtess Olga verärgert und in bestimmtem Ton, stand auf und nahm Pina unter den Arm.

Und jetzt vollzog sich in Pina das psychologisch Interessante!

Eben noch völlig unter der Suggestion einer Wahnvorstellung, dem Produkt wirklichen Geschehens und dessen, was sie zu erleben sich wünschte, wich dies Bild im selben Augenblick, in dem die Gefahr bestand, dass ihre rote Schönheit zerstört wurde. Sie wusste, wie sehr diese Perücke ihre Schönheit hob. Ein Blick in den Spiegel hatte genügt. Der Gedanke, dass sie aufhören sollte, so auszusehen, verdrängte jede Vorstellung von Ehre und Ruhm. Die Urinstinkte der Frau, Eitelkeit und Gefallsucht, erwiesen sich als so stark, dass sie sich losriss und sagte:

»Sie wollen mich unter die Dusche zwingen, Gräfin, um mich zu entstellen. Sie haben Furcht, ich könnte dem Baron gefallen. Soweit geht mein Opfermut nicht! Wenn Sie mit mir um ihn kämpfen wollen, bitte! Aber ich bleibe, wie ich bin.«

Die Komtess sagte lächelnd:

»Eben noch wollten Sie die Welt erobern und jetzt sind Sie schon zufrieden mit einem Kellner.«

»Sie haben recht. Mein Kopf brennt. Ich bin seit sechsunddreißig Stunden auf den Beinen. Was haben wir nicht alles erlebt, seitdem ich Sie vor unserem Modeatelier ansprach! Mehr als in den einundzwanzig Jahren, die ich auf der Welt bin. Ich habe dies dumme Leben ja nur ertragen, weil ich fühlte, eines Tages würde etwas geschehen, etwas Ungewöhnliches, was mich mit einem Schlage berühmt macht. Ich wollte zum Film – und dann kam *das!*«

»Was kam?«

»Sie kamen.«

»Um mir Kleider zu kaufen – wie jede andere Kundin.«

»Nein! Es war etwas anderes! Ich merkte sofort, es geht etwas vor mit mir. Curt kam. Unter Ihren Händen wurde aus dem Kellner ein Modeanwalt, aus dem Modeanwalt ein Baron – und am selben Abend noch aus mir eine Braut.«

»Und was weiter?«

»Dann kam das Wunderbare!«

»Der Appetit nach Bananen.«

»Das war ein Symbol.«

»Wie meinen Sie das?«

»Ich weiß nicht. Ich weiß auch nicht, was ein Symbol ist. Aber in den Zeitungen steht es. Als ich das las, ahnte ich erst den Sinn.«

»Den Unsinn, meinen Sie! Sie sind überspannt! Sie reden sich in etwas hinein, was gar nicht besteht.«

»Ich beschwöre Sie, reden Sie es mir nicht aus! Ich habe die Aussicht, berühmt zu werden! Sie wissen nicht, was das für ein armes Mädchen bedeutet ! So eine Gelegenheit kehrt nie wieder.«

»Ah so!«, rief die Komtess. »Jetzt verstehe ich! Also das ist der Grund! – Sie sind eine ganz raffinierte Person.«

»Ich bin nicht Mannequin geworden, um die Frau eines kleinen Beamten und Mutter von sechs Kindern in einer Dreizimmerwohnung zu werden.«

»Dazu passen Sie auch gar nicht.«

»Jetzt sagen Sie es selbst.« –

Es klopfte an die Tür.

»Wer ist da?«, fragte die Komtess.

»Die politische Polizei,« war die Antwort.

»Himmlisch!«, rief Pina, aber die Komtess flüsterte ihr zu:

»Die Leute sind verrückt.«

»So öffnen Sie doch!« drängte Pina.

»Ich gebe Ihnen den Rat, zu verschwinden.«

»Ausgeschlossen! Ich bin froh, dass ich da bin.«

»Öffnen!«, rief man von draußen.

»Machen Sie sich die Tür gefälligst selbst auf,« erwiderte Komtess Olga. »Ich habe keinen Grund, mich einzuschließen.«

Ein Beamter trat ein. Ein zweiter blieb an der offenen Tür stehen.

»Haben Sie die Absicht, mich alle halbe Stunde zu langweilen?«, fragte die Komtess.

Der Beamte trat nah an sie heran, legte die Hand auf ihre Schulter und sagte:

»Sie sind verhaftet.«

»Das habe ich nach Ihrem letzten Besuch erwartet. Aber was fällt Ihnen ein, mich anzurühren?«

»Die Form verlangt es.«

»Das ist völlig sinnlos.«

»Die Amtshandlung eines Beamten ist niemals sinnlos.«

»Wohin führen Sie mich?«

»Ins Polizeigefängnis.«

»Lächerlich! – Was kann ich mitnehmen?«

»Nur das Notwendigste.«

Die Komtess rief ihre Zofe und befahl ihr:

»Packen Sie mir die kleine Tasche wie drüben für einen kurzen Landaufenthalt.«

Die erwiderte:

»Wie lange gedenken Frau Gräfin fortzubleiben?«

»Das entscheiden die Herren da.«

Die Zofe sah erstaunt die beiden Beamten an, die so gar nicht wie Herren aussahen.

»Man wird sie innerhalb vierundzwanzig Stunden dem Untersuchungsrichter vorführen, der über den Haftbefehl befindet.«

»Großer Gott! Haben Frau Gräfin jemanden totgefahren?«

»Ich weiß es nicht.«

»Frau Gräfin werden sich doch nicht abführen lassen?«

»Doch!«, sagte Pina.

»Ja, warum denn?«, fragte die Zofe verzweifelt.

»Wir sind in einen politischen Skandal verwickelt«, erwiderte Pina.

Der Beamte sah Pina an und sagte:

»Sie auch?«

»Allerdings! Wenn Sie mich verhaften wollen – bitte!«

»Ich habe keinen Auftrag.«

»Ich habe den gleichen Anspruch darauf wie die Komtess.«

»Wer sind Sie?«, fragte der Beamte.

»Eine exaltierte Person«, erklärte die Gräfin. »Das sehen Sie doch schon an der roten Perücke.«

»Eine Russin?«

»I Gott bewahre!«, erwiderte die Komtess.

»Ich sage nicht, wer ich bin. Ich antworte überhaupt nur, wenn Sie mich festnehmen.«

Der Beamte wandte sich an die Komtess und sagte:

»Kommen Sie!«

Sie nahm der verblüfften Zofe die Ledertasche aus der Hand und ging zur Tür. – Die Beamten folgten ihr. Pina lief ihnen bis zur Treppe nach und rief:

»Es lebe Moskau!«

Der Beamte rief zurück:

»Sie werden noch früh genug nach Sibirien kommen.«

Achtzehntes Kapitel.

Pina erblasste. – »Nach Sibirien kommen!« wiederholte sie. – Ja, gab es das denn? – Wenn man sie nach Russland abschob? – Die unendlichen Schneewüsten Sibiriens, Verbrecher in Ketten, Kerker groß wie eine Hundehütte, Peitschenhiebe, Galeerenarbeit, madiges Fleisch und trockenes Brot – tausend Meter Film sah sie vor ihren Augen sich abrollen. – Ihr wurde schwach vor den Augen. Sie lag in einem dunklen Kerker, zusammengekauert vor Kälte, auf nassem Stroh, mit erfrorenen Händen und durchfurchtem Gesicht. – Draußen aber schien die Sonne, junge Menschen huschten vorüber, lachten und taten verliebt.

Pina bekam Furcht vor sich selbst. In was für ein Abenteuer hatte sie sich gestürzt? Sich selbst beschuldigt! Die Polizei auf sich gehetzt! – Da half kein Widerruf! Wer würde ihr glauben?

Und das Gegenteil ließ sich nicht beweisen.

Sie stand noch auf dem Hotelflur, als ein junges Mädchen von Garis Sons mit den Kleidern für Djojo die Treppe hinaufstieg.

»Marianne!«, rief Pina, als sie sie sah – froh, einem Menschen zu begegnen, der sie kannte.

Das Mädchen blieb stehen, sah sie erstaunt an und sagte:

»Gnädige Frau?«

»Du kennst mich nicht?«

»Wer sind Sie?«

»Pina!«

»Du? – Ja, jetzt merke ich es – an der Stimme – und den Augen. – Was hast du mit deinen Haaren gemacht? – und der Nase?«

»Nase?« – Pina fasste sich ins Gesicht. »Das ist doch dieselbe – sie sieht nur anders aus unter dem Haar.«

»Schön siehst du aus! Wie eine richtige Dame – aber von weit her.«

»Die Polizei sucht mich.«

»Sie wird dich so nicht erkennen.«

»Vielleicht nicht als Pina Jeff.«

»Als wen denn?«

»Ich weiß ja selbst nicht, wer ich bin. Ich wünschte, ich wäre irgendein unbekanntes Mannequin.«

»Du bist berühmt! Alle fragen nach dir.«

»Was habe ich davon, wenn ich als Gefangene in Sibirien bin.«

»In Sibirien?«

»Rette mich!«

»Wie kann ich das?«

»Wem bringst du die Kleider?«

»Einer Freundin der Gräfin Olga von Tschochenska.«

»Lass mich zu ihr gehen.«

»Wenn du willst. – Ich warte gern.«

Pina nahm ihr den Karton ab, fragte nach der Zimmernummer und klopfte an die Tür von Djojo.

Die war gerade kurz vorher in das Hotel zurückgekehrt. Eine telefonische Bestellung wurde ihr vom Portier ausgerichtet: Herr Harry Sülstorff würde sich in einer Stunde erlauben, ihr seine Aufwartung zu machen.

Der Zweck ihrer weiten Reise war der Erfüllung nahe. Sie wunderte sich über sich selbst – wie ruhig sie war. Sie überlegte eben, wie sie ihn empfangen sollte, als Pina an die Tür klopfte, und auf ihr »herein!« ins Zimmer trat.

»Ich komme von Garis Sons«, sagte Pina bescheiden, »und bringe die Kleider.«

»Bitte, packen Sie aus.«

Während Pina den Karton leerte, ging Djojo unruhig im Zimmer umher. Sie überlegte, wie sie Harry entgegentreten sollte.

»Kennen Sie zufällig den Tennismeister Harry Sülstorff?«, fragte Djojo.

»Den schönen Harry? – Ja! Von Bildern her.«

»Sonst wissen Sie nichts von ihm?«

»Mein Vater hat geschäftlich mit ihm zu tun. Das heißt mit Sülstorff Söhne Hamburg. Er bezieht die Bananen von ihm. Ich glaube aber, der schöne Harry kümmert sich nicht viel um das Geschäft.«

»Mit Bananen handeln Sie? Wie ulkig!«

»Ich nicht«, erwiderte Pina gekränkt.

»Verzeihung! Ich sehe, Sie sind Mannequin – und zwar ein außergewöhnlich charmantes.«

Pina lächelte, machte einen Knicks und sagte:

»Danke, gnädige Frau.«

»Wie nett und unverdorben!«

»Ich bin nicht so harmlos, wie gnädige Frau ...?«

»Fräulein – aber das ist ja gleich.«

»Fräulein glauben«, beendete Pina ihren Satz.

»Jedes Mädchen in Europa hat ihren Freund, wie man mir erzählt.«

»Wenn es das nur wäre! – Ach! Ich bin ja so unglücklich!«

»Verliebt also?«

»Das auch – aber nur nebenbei.«

Djojo begann, Interesse an diesem nicht alltäglichen Mannequin zu nehmen. Sie lud sie ein, sich zu setzen und sagte:

»Und nun schütten Sie mir Ihr Herz aus.«

»Das gnädige Fräulein wissen ja doch ...«

»Ich? – Nichts weiß ich. Ich bin vor ein paar Stunden in Berlin angekommen.«

»Sie haben doch eine Freundin.«

»Nicht einen Menschen kenne ich in Berlin.«

»Mir dürfen Sie's gestehen. Ich weiß alles.«

»Sie verwechseln mich. Ich bin Djojo Olem aus Sumatra und kenne nur Harry – und auch den nur dem Bilde nach.«

»Und die Komtess Olga von Tschochenska?«

»Richtig! Auf die bezog ich mich beim Modisten. – Existiert sie überhaupt?«

Pina stand auf, trat dicht an Djojo heran und flüsterte ihr zu:

»Ich gehöre dazu.«

»Zu der Komtess?«

»Ja! – also auch zu Ihnen.«

»Das klingt ja ganz geheimnisvoll. – Kann man diese Gräfin denn nicht einmal kennenlernen?«

»Sie hat mich benutzt.«

»Was hat sie getan?«

»Mich vor ihren politischen Wagen gespannt«, erklärte Pina mit Pathos und begann bereits wieder, sich in ihre konfusen Gedankengänge hineinzureden.

»Diese Komtess fängt an, mich zu interessieren«, sagte Djojo, nahm den Hörer ab und verlangte mit ihr verbunden zu werden.

»Großer Gott!«, sagte Pina – wagte aber nicht von der Verhaftung zu sprechen.

»Einen Augenblick! Ich verbinde Sie mit der Direktion.«

»Ich will die Gräfin, nicht die Direktion!«, rief Djojo ungeduldig in den Apparat. Aber schon war die Direktion zur Stelle.

»Die Gräfin ist vor einer Stunde abgereist.«

»Wohin?«, fragte Djojo.

»Unbekannt.«

»Auf wie lange?«

»Auch das ist unbestimmt. – Wer ist denn dort?«

»Miss Olem.«

»Sie sind mit der Komtess befreundet?«

»Interessiert Sie das?«

»Mich nicht, aber vermutlich die Polizei.«

»Was reden Sie da für dummes Zeug!«

»Sehen Sie sich vor! Auch vor diesem verkappten Mannequin, das sich in Ihrem Zimmer aufhält und das in Wahrheit eine gefährliche und von der Polizei gesuchte politische Agentin ist.«

»Bei euch in Europa scheinen ja nette Zustände zu herrschen«, sagte Djojo, hing den Hörer an und wandte sich wieder an Pina: »Also Sie sind kein Mannequin, sondern eine politische Agentin.«

Pina fing an, laut zu schluchzen und rief:

»Das hat die Komtess, Ihre Freundin, aus mir gemacht!«

»Und Ihr politisches Ziel?«

»Ich weiß es nicht – aber ich glaube, Moskau – weil die Komtess doch eine Russin ist.«

»Aus Überzeugung scheinen Sie also nicht bei der Sache zu sein.«

»Ich hatte gehofft, berühmt zu werden. Hätte ich gewusst, dass man dabei so viel auszustehen hat, wäre ich Mannequin geblieben.«

»Haben Sie denn keinen Menschen, der Ihnen raten kann?«

»Einen Kellner und Baron – aber der ist auch Russe – und die Gräfin ist hinter ihm her.«

»Wenn Sie ein bisschen weniger hübsch und dafür eine Kleinigkeit gescheiter wären, ginge es Ihnen vermutlich besser.«

»Helfen Sie mir, bitte! Ich habe solche Furcht vor Sibirien.«

Djojo überlegte und erwiderte:

»Von Politik verstehe ich nichts. Aber diese Komtess interessiert mich wirklich. Und Sie nicht minder. So ein politischer Skandal, das ist am Ende eine ganz amüsante Hetz.«

In diesem Augenblick läutete das Telefon.

»Großer Gott!«, rief Pina. »Sie kommen!« – Sie flüchtete in eine Ecke des Zimmers.

Als sich Djojo am Apparat meldete, sagte jemand kurz und energisch:

»Pina Jeff hält sich bei Ihnen auf.«

»Wer soll das sein?«

»Ein schwarzer Mannequin – schlank, bleich.«

»I Gott bewahre.«

»Der Hoteldirektor hat es festgestellt.«

»Sie ist längst fort.«

Pina rief so laut, dass man es durch den Apparat hörte:

»Ich sterbe vor Angst«, woraufhin der Mann am Telefon fragte:

»Mit wem sprechen Sie denn da?«

»Mit meiner Zofe!«

Djojo hörte noch, wie er den Befehl gab, die Hotelausgänge zu besetzen, dann hing sie den Hörer an und sagte:

»Bei euch in Europa scheint es ja riesig gemütlich zuzugehen.«

»Liefern Sie mich nicht aus!«

»Sie bleiben als meine Zofe bei mir.«

»Wie soll ich Ihnen danken?«

»Keine Redensarten bitte! Dazu ist jetzt keine Zeit! Sie haben sich so zugerichtet, dass man Sie für irgendein exotisches Gewächs halten kann. In meinen Koffern sind Tropenanzüge und Reitkostüme – auch Hosen und Sarongs von meinen Dienerinnen. Richten Sie sich so verrückt wie irgend möglich her. Streichen Sie noch mehr Braun auf. Sie sind Malayin! Sprechen weder deutsch noch englisch – noch sonst eine europäische Sprache – antworten also auf nichts! – Und behalten Sie möglichst diesen dummen Gesichtsausdruck bei. Ich werde den Leuten sagen, dass ein wildes Pony Ihren Kopf als Kind mit seinen Hufen bearbeitet hat. Sie hören auf den Namen Klo.«

Alles, was Pina darauf zu erwidern hatte, war:

»Warum Klo?«

»Sie sollen nicht reden! Keinen Ton will ich von Ihnen hören. Wenn Sie aber durchaus den Mund nicht halten können, dann blabbern Sie irgendetwas Unverständliches. Ich sage dann, es ist ein Jargon, der nur in Nordsumatra gesprochen wird und unerlernbar ist.«

Sie schob die zitternde und verdutzte Pina in ihr Schlafzimmer, öffnete die Koffer, warf ihr einen Haufen Sachen – Hosen, hohe Reitschuhe, Sarong, Kopfputz, Schmuck und Behänge zu und half ihr beim Umziehen.

Neunzehntes Kapitel.

Das Flugzeug mit Kapitän Habel und Paul G. Olem hatte kurz vor Berlin noch eine Notlandung vornehmen müssen. Während der Kapitän die Gelegenheit benutzte, um dem Flughafen in Tempelhof seine genaue Ankunft bekanntzugeben, drahtete Paul G. Olem nach dem Hotel Adlon, bestellte dort als Mechaniker Habels ein Appartement mit Bad und eine Person zu seiner persönlichen Bedienung. –

Als sie wieder aufstiegen, sagte Paul G. Olem zu dem Kapitän:

»Ich halte es für gefährlich, wenn ich in Berlin, wo man Sie kennt, unter Ihrem Namen auftrete.«

»Ich war nie in Berlin.«

»Und Ihre Bilder?«

»Sie scheinen immer noch nicht bemerkt zu haben, dass ich jede öffentliche Schaustellung hasse. Vor den fotografischen Apparat bringen mich nicht zehn Pferde.«

»Aber ich selbst habe doch in den Zeitungen und illustrierten Blättern Ihr Bild gesehen.«

»Meins? Ausgeschlossen! – Mein Monteur erhält dafür, dass er sich überall, wo wir hinkommen, für mich fotografieren lässt, zwanzig Dollar im Monat. Im Flugdress sieht ein Mann wie der andere aus.«

»Sie werden den Dress doch aber auch einmal ablegen müssen.«

»In meinen vier Wänden. Anderswo nicht.«

»Und wenn die Stadt Berlin Ihnen einen feierlichen Empfang bereitet?«

»So werden Sie ihn über sich ergehen lassen, während ich als Ihr Monteur auf Abenteuer ausgehe. Und Sie werden so liebenswürdig sein, dass Publikum und Presse von mir entzückt sind.«

»Die Leute werden mich nach Dingen fragen, die ich gar nicht beantworten kann.«

»Versprechen Sie ihnen mein Buch mit eigenhändiger Widmung, das auf alle Fragen Antwort gibt und erzählen Sie den Leuten aus Sumatra – das hören sie immer gern.«

Alle Versuche Paul G. Olems, den Kapitän umzustimmen, blieben erfolglos. Er bestand auf seiner Abmachung und erklärte:

»Sie ahnen gar nicht, wie glücklich ich bin, dass Sie mir den Rummel abnehmen. Im Übrigen sind Sie zu allen meinen weiteren Fahrten feierlichst eingeladen. Sie sind ein netter Mensch, ein guter Monteur und ein ausgezeichneter Kapitän Habel.«

Paul G. Olem musste also sein Versprechen einlösen. Und als das Flugzeug auf dem Tempelhofer Felde niederging, nahm er die Ovationen von Hunderttausenden entgegen. Der Kapitän sah vom Flugzeug aus schmunzelnd zu, wie der Oberbürgermeister Paul G. Olem namens der Metropole begrüßte und eine nicht mehr junge Dame ihm mit einem tiefen Knicks einen Rosenstrauß mit einer Schleife in den amerikanischen Farben überreichte. Als aber der offizielle Empfang durch Mitglieder der amerikanischen Botschaft erfolgte, beschränkte sich Paul G. Olem, dem jede Verstellung fremd war, darauf, zu lächeln und mit dem Kopf zu nicken. Einem Gespräch mit den Herren, die ihn aufforderten, in der Botschaft abzusteigen, entzog er sich ziemlich ungeschickt dadurch, dass er begann, jedem Einzelnen die Hand zu schütteln. Aber nicht nur den Damen und Herren, die ihn offiziell empfingen, sondern darüber hinaus allen, die aus Schaulust und Neugier gekommen waren. Das erregte erst Heiterkeit, dann aber brach ob dieser Leutseligkeit brausender Jubel los. Er hatte in schneller Folge etwa hundert Hände geschüttelt, da hoben ihn ein paar kräftige Sportdamen auf die Schultern und trugen ihn, der höflich nach allen Seiten grüßte, durch die begeisterte Menge.

Inzwischen war ein höherer Polizeibeamter auf die Herren der amerikanischen Botschaft zugeschritten und hatte sie in ein lebhaftes Gespräch gezogen. Der Kapitän verfolgte mit größtem Vergnügen die Strapazen, denen Paul G. Olem ausgesetzt war. Er hörte daher nicht, was der Amerikaner mit dem Beamten sprach.

»Wenn Sie überzeugende Beweise in den Händen haben, dass Ihr Gefangener M. Albert Stein-Brück einen politischen Umsturz in Deutschland vorbereitet«, sagte der amerikanische Botschaftsrat zu dem Polizeibeamten, der lange auf ihn eingeredet hatte, »so haben wir keinen Grund, gegen seine Verhaftung zu protestieren – auch wenn er Amerikaner ist.«

»Er gibt vor, mit dieser russischen Gräfin nach Europa, beziehungsweise Deutschland, gekommen zu sein, um seinen Freund, den Kapitän Habel, bei seiner Ankunft in Berlin zu begrüßen.«

»Etwas umständlich«, erwiderte der Botschaftsrat, »aber wir Amerikaner haben oft merkwürdige Einfälle. – Und was gibt er als Grund für die Reise der russischen Gräfin an?«

»Er will sie mit seinem Freunde, dem Kapitän, verheiraten.«

»Das klingt in der Tat wenig glaubwürdig. Aber bitte, der Kapitän wird sich gewiss ein Vergnügen daraus machen, seinen Freund und eine schöne Frau persönlich in Freiheit zu setzen.«

»Dieser Gegenüberstellung wegen bin ich hier«, erwiderte der Beamte.

»Haben Sie die Herrschaften mitgebracht?«

»Nein! Ich fürchtete, den feierlichen Akt zu stören.«

»Es wäre entschieden das Einfachste gewesen. Versuchen Sie, ob Sie den Kapitän seinen Verehrern entreißen können. Es wird nicht leicht sein.«

Der Beamte arbeitete sich durch die Masse Menschen hindurch und kam schließlich bis auf ein paar Schritte an Paul G. Olem heran.

»Herr Kapitän!«, rief er ihm zu. »Ich bin der Kriminaldirektor Kenast. Ich möchte Sie zu einem Freunde begleiten.«

»Wohin Sie wollen, wenn Sie mich nur von hier fortbringen. Ich habe kein gesundes Glied mehr.«

Herr Kriminaldirektor Kenast zog eine Pfeife aus der Tasche, ein greller Pfiff ertönte – und im selben Augenblick schuf sich eine Polizeimannschaft rücksichtslos Bahn. Sie drang bis zu Paul G. Olem vor, entriss ihn der Menge und brachte ihn zu einem am Ausgang des Tempelhofer Feldes bereitstehenden Polizeiauto.

Der Kriminaldirektor redete auf ihn ein. Aber Paul G. Olem war völlig erschöpft. Er verstand nur immer, dass ein politischer Hochstapler und Bolschewist sich frecherweise als sein Freund ausgebe und behaupte, dass er, Kapitän Habel, sich mit seiner Freundin, der angeblichen Gräfin Olga von Tschochenska, verloben wolle. Beide, der Amerikaner wie die Gräfin seien so gut wie überführt, mit russischem Gelde in Berlin einen bolschewistischen Putsch vorbereitet zu haben.

Es war unter diesen Umständen kein Wunder, wenn die Gegenüberstellung auf der Polizei wie folgt verlief:

Der noch immer erschöpfte Paul G. Olem stand mit Herrn Kenast in einem nüchternen Amtszimmer, als die Tür sich öffnete und Albert, der Amerikaner, unter starker Bewachung hereingeführt wurde.

Paul G. Olem und der Amerikaner standen sich gegenüber und starrten sich an.

Spöttisch sagte Herr Kenast:

»Dies Wiedersehn hatte ich mir etwas herzlicher vorgestellt.«

Die beiden schwiegen.

»Dieses Herrn wegen sind Sie also von St. Louis« nach Berlin gereist.«

»Was? Das soll doch nicht etwa ...?«

»Das ist Kapitän Alfred Habel, der soeben unter dem Jubel der Menge in Berlin gelandet ist.«

»Nix ist er das!«

»Die Herren der amerikanischen Botschaft haben ihn bereits identifiziert.«

»Dann bin ich verrückt.«

»Das kennen wir! Wenn nichts mehr hilft, wird verrückt gespielt. Aber geben Sie sich keine Mühe! Auf das Manöver fällt die deutsche Polizei nicht mehr herein.«

Albert fasste sich an den Kopf:

»Sie sind doch nicht ... Ja, wie kommen Sie dazu, sich für Kapitän Habel auszugeben?«

»Das möchte ich auch wissen«, sagte der Beamte.

Wieder öffnete sich die Tür – und unter Bewachung erschien Komtess Olga. – Ehe sie noch sah, was vorging, rief sie:

»Werde ich nun endlich in Freiheit gesetzt?«

»Wollen Sie nicht erst Ihren zukünftigen Verlobten begrüßen?«, fragte Kenast spöttisch.

Komtess Olga sah zu Paul G. Olem auf, ging auf ihn zu und sagte:

»Kapitän, wie ich mich freue!«

Paul G. Olem verbeugte sich, während ihm die Komtess die Hand reichte.

»Ich freue mich, Ihre Bekanntschaft zu machen«, sagte Paul G. Olem.

»Abführen!«, befahl Kenast.

Die beiden Gefangenen, die ganz benommen waren und gar nicht verstanden, was hier vorging, wurden hinausgeführt, während Paul G. Olem sich das Auto erbat, um ins Hotel zu fahren. – Über die Bedeutung der Vorgänge auf der Polizei dachte er nicht weiter nach, nahm sich aber vor, mit dem Kapitän zu sprechen, da es ja immerhin möglich war, dass hier zwei Unschuldige durch seine Schuld festgehalten wurden. Dem Kapitän hatte er ungern seine als Mechaniker Olem bestellten Zimmer im Hotel Adlon überlassen, während er selbst erst einmal feststellen wollte, wo seine Tochter Djojo eigentlich wohnte. Er hatte nicht bedacht, welchen Verfolgungen eine Berühmtheit auf sportlichem Gebiete heutzutage ausgesetzt ist. Wo er als Kapitän Alfred Habel vorfuhr und seinen Namen nannte, wurde sofort ein feierlicher Empfang improvisiert. Man stellte ihm überall die Kaiserzimmer zur Verfügung, ließ sofort die amerikanische Flagge hissen, beteuerte, dass das Haus in amerikanischem Stil geführt werde und betonte mit besonderem Nachdruck, dass es deutsche Gäste so gut wie überhaupt nicht beherberge. Auf die Frage, ob eine Miss Olem in dem Hotel abgestiegen sei, erwiderte man ganz unbekümmert:

»Noch nicht! Aber sie sei avisiert und man rechne bestimmt mit ihrer Ankunft.«

Paul G. Olem stellte dann regelmäßig fest, dass gar keine Anfrage oder Anmeldung erfolgt war, schlug mit dem Stock auf den Tisch, tobte und fuhr zum nächsten Hotel, wo sich das Schauspiel in ähnlicher Form wiederholte. In seinem Ärger bemerkte er nicht, dass er jedes Mal, wenn er aus der Hoteltür auf die Straße trat, mindestens von einem Fotografen geknipst wurde.

Schließlich aber kam er auch ins Adlon. Und hier, in diesem, in den letzten vierundzwanzig Stunden an Ereignissen so reichen Hotel, spielte sich folgende Szene ab. Er ging zum Empfangschef und sagte:

»Mein Name ist Kapitän Alfred Habel.«

Der Chef und die Kollegen rechts und links von ihm verbeugten sich bis auf die Erde. Der Portier, die Auskunft, der Ober kamen hinzu und verbeugten sich gleichfalls. An der Drehtür bekam ein Boy eine Maulschelle und stürzte den Flur entlang zum Direktor. Der kam im Laufschritt herbei, machte eine tiefe Verbeugung, wodurch die Übrigen sich veranlasst sahen, auch ihrerseits noch einmal nach Unten zu gehen, und begann:

»Herr Kapitän! Deutschland und vor allem Berlin, und in Berlin wiederum unser Haus, wissen die Ehre zu schätzen, einen Mann von Ihrer weltumfliegenden Bedeutung unter seinem Dach beherbergen zu dürfen. Wir hätten gewünscht, dass kein Misston unsere reine Freude trüben würde. Leider wird unser hochrenommiertes Haus seit vierundzwanzig Stunden von Schicksalsschlägen heimgesucht. Dass Sie, Herr Kapitän, in diese Pechserie mit hineingezogen werden, bedauern wir tief. Aber urteilen Sie selbst! Mussten wir nach allem Vorangegangenen nicht stutzig werden, wenn der Mechaniker eines Flugzeugs sich in einem Hause wie dem unsern, in dem nur hohe und höchste Herrschaften verkehren – wovon die Anwesenheit des Herrn Kapitän ja beredtes Zeugnis ablegen – wenn, sage ich, ein Mechaniker, dessen Durchschnittseinkommen im Höchstfalle vierhundert Mark monatlich beträgt, sich in solchem Hause ein Appartement mit Bad und besonderer Bedienung im Preise von hundertfünf Mark pro Tag bestellt?«

»Sie langweilen mich! Was ist mit dem Mechaniker?«

»Ein politischer Hochstapler hat versucht, sich unter dem Vorwand, Ihr Mechaniker zu sein, hier einzuschmuggeln.«

»Unter welchem Namen?«

»Denken Sie, wie dumm der Mann zu Werke geht. Er legte sich als Mechaniker den Namen des Bananenkönigs Olem zu.«

»Wenn es nun aber umgekehrt ist?«

»Wie meinen Herr Kapitän das?«

»Dass der Bananenkönig Paul G. Olem, um unerkannt zu bleiben, als der Mechaniker des Kapitäns reist.«

»Wir kalkulieren alle Möglichkeiten, Herr Kapitän, ehe wir zugreifen. Jeder Missgriff würde das Renommee unseres Hauses schädigen. Zufällig konnten wir diesen vermeintlichen Mechaniker Paul G. Olem unauffällig der Tochter des Bananenkönigs vorführen, die ihn natürlich gar nicht kannte!«

»Djojo ist hier! – Was Sie mir sonst da erzählen, interessiert mich nicht.«

»Sie wohnt im zweiten Stock.«

»Die Zimmernummer?«

»Miss Olem haben strengen Befehl gegeben, sie in den nächsten zwei Stunden ...«

»Ich muss zu ihr! Und zwar auf der Stelle.«

»Die Dame ist Ihnen persönlich bekannt?«

»Fragen Sie nicht so dumm.«

»Ich weiß die Ehre zu schätzen, mit dem Kapitän Alfred Habel zu sprechen – beleidigen lasse ich mich aber nicht.«

»Die Zimmernummer!!«

»Ich bedaure.«

»Ich reiße die ganze Bude in Stücke.«

Der Direktor lenkte ein, sagte:

»Einen Augenblick« und ging ans Telefon.

Paul G. Olem benutzte die Gelegenheit, dem Empfangschef eine Zehn-Pfundnote zuzustecken. Der kämpfte gerade mit sich, ob er das Geld nehmen und die Nummer nennen sollte, als der Direktor mit dunkelrotem Kopf vom Telefon kam und sagte:

»Miss Olem erklärt, einen Kapitän namens Alfred Habel nur aus den Sportblättern zu kennen.«

»Das ist ja doch ...!«

»Sie würde sich aber sehr freuen, die Bekanntschaft des Herrn Kapitäns zu machen ...«

Paul G. Olem beherrschte sich mühsam. Der Direktor fuhr fort:

»... und lässt den Herrn Kapitän für morgen Nachmittag um 5 Uhr zum Tee bitten.« –

»Ich ... werde ... verrückt.«

»Darf ich Miss Olem sagen, dass sie Herrn Kapitän erwarten darf?«

»Ja! – Nein! – Heute will ich! – auf der Stelle! – Sie soll herunterkommen! – Ich warte.«

Der Direktor ging noch einmal an den Apparat und brachte den Bescheid:

»Miss Olem lassen sagen, wenn der Herr Kapitän nicht warten können, solle er sich zum Teufel scheren.«

»Das wagt sie ... aber das ist Djojo, wie sie leibt und lebt! – Also gut! Ich bleibe hier und rühre mich nicht von der Stelle. Sie wird ja mal herunterkommen.«

»Darf ich dem Herrn Kapitän dann vielleicht einen bequemen Sessel dort aufstellen lassen?«

»Das dürfen Sie! Und eine Flasche Whisky dazu und eine Import!«

Es dauerte etwa eine Stunde, da stürzte ein Boy zu dem alten Paul G. Olem und flüsterte ihm zu:

»Sie kommt!«

Die Treppe hinunter kam ein Herr, dem man den Kriminalbeamten auf zehn Schritt ansah. Dahinter folgte, rechts und links von je einem Beamten eskortiert, die rote Pina – und hinter Pina abermals ein Beamter.

Der alte Paul G. Olem, dessen Whiskyflasche inzwischen leer geworden war, stierte zur Treppe, wies mit der Hand auf die Gruppe und fragte:

»Da?«

»Ja!«, erwiderte der Boy.

Die fünf waren jetzt auf der untersten Stufe angelangt. Paul G. Olem schritt auf sie zu. Die Gruppe blieb stehen. Der vorderste Beamte lüftete den Hut, verbeugte sich und sagte:

»Herr Kapitän Habel.«

»Woher kennen Sie mich?«

»Sämtliche Abendblätter bringen Ihr Bild.«

Paul G. Olem zuckte zusammen. Er wandte den Kopf und sah, dass auch im Vestibül schon wieder ein paar Fotografen ihre Apparate auf ihn eingestellt hatten.

»Und wer ist diese Dame?«, fragte er mit großer Bestimmtheit.

»Miss Djojo Olem aus Sumatra.«

»Das ist nicht wahr!«

»Sie selbst bestreitet es nicht.«

»Und – wessen – ist sie – angeklagt?«

»Des Hochverrats.«

»Was geht hier vor?«, fragte Paul G. Olem und sank auf den Sessel zurück, während die Beamten die rote Pina abführten.

Zwanzigstes Kapitel.

Folgendes hatte sich in der Zwischenzeit ereignet:

Harry war mit Curt Dubois gleich nach seiner Ankunft in Berlin ins Hotel Adlon gefahren und hatte den Empfangschef gebeten, ihn sofort telefonisch von dem Eintreffen Miss Olems zu verständigen.

Auf den Personenwechsel, den sie vornahmen, verwandten sie nicht viel Mühe.

»Ich sehe auf jedem Bild anders aus«, hatte Harry gesagt. »Ich wüsste also gar nicht, welches Ihnen als Vorbild dienen sollte.«

»Aber Sie sehen auf keinem Bilde mir ähnlich.«

»Das ist ihr dann eben entgangen«, war Harrys nicht eben schlaue Antwort.

»Wenn man Zeit hätte, müsste man mein Bild mit Ihrem Namen in irgendein Blatt bringen und es bei dieser Miss Djojo durch ihr Zimmermädchen einschmuggeln.«

»Wir müssen uns eben auf unser Glück verlassen.«

Harry rief seinen Diener, der zugleich sein Friseur war, und fragte ihn:

»Sieht der Herr mir ähnlich?«

Der Diener war an Scherze seines Herrn gewöhnt und erwiderte frech:

»Zum Verwechseln. – Der Herr, den ich übrigens zu kennen glaube, ist zwar um fünfzig Zentimeter kürzer als der gnädige Herr, hat schwarzes Haar und dunkle Augen, einen vollen Mund und ein rundes Kinn – aber wenn das alles nicht wäre, könnte man ihn für den gnädigen Herrn halten.«

»Red' kein Blech, Diensfeld!«, erwiderte Harry. »Es handelt sich um eine tiefernste Sache.«

»Nicht möglich!«

»Etwas, was für das Haus Max Sülstorff von entscheidender Bedeutung sein kann.«

»Der gnädige Herr haben doch nicht etwa die Absicht, zu arbeiten?«

»Was fällt dir ein! Aber wir heiraten vielleicht.«

»Der gnädige Herr?«

Harry wies auf Curt und sagte:

»Nein! – der Baron!«

»Ba–ron? – Wenn ich mir da den Hinweis erlauben dürfte, dass ich den Herrn Ba–ron vor zwei Tagen noch in einem Hotelrestaurant Unter den Linden im Frack gesehen habe.«

»Warum nicht?«

»Am Tage.«

»Ja und?«

»Nicht als Gast – sondern bedienender Weise.«

»Verbietet das Gesetz einem Kellner, zu heiraten?«

»Das nicht – aber ...«

»Wie oft habe ich dir gesagt, Diensfeld, du sollst nicht *denken*. Es macht alt und hässlich. – Handle lieber.«

»Was befehlen der Herr?«

»Sorge dafür, dass der Baron mir ähnlich sieht. Wie du das anstellst, ist deine Sache.«

Diensfeld betrachtete den Baron genau und sagte:

»Längermachen kann man ihn nicht – man kann ihn vielleicht strecken – aber ein Meter fünfundachtzig, wie der gnädige Herr, wird er nie.«

»Eine blonde Perücke mit meiner Frisur.«

»Das ginge.«

»Tennisanzug und ein Wolltuch um den Hals.«

»Das möglichst über das ganze Gesicht geht«

»Eine dunkle Brille.«

»Da sehe ich wie eine Vogelscheuche aus«, widersprach der Baron. »Wie soll man sich da in mich verlieben?«

»Sie ist es ja schon.«

»Hoffentlich so toll, dass sie blind ist«, sagte Diensfeld und begann die Arbeit. –

Nach einer Weile sagte er:

»Wenn die Dame glauben soll, dass Sie der junge Herr Harry sind, dann wäre es wohl ratsam, dass Sie ohne Herrn Harry zu dem Fräulein Braut gingen.«

»Da hat er recht«, sagte der Baron. Aber Harry widersprach:

»Das muss ich miterleben! Und dann bin ich auch neugierig, wie sie aussieht.« –

Zehn Minuten später – aber noch lange bevor der alte Paul G. Olem als Kapitän das Hotel betrat – telefonierte der Portier nach dem Zimmer Djojos und meldete:

»Herr Harry Sülstorff und sein Sekretär.«

»Nein!«, rief Djojo und führte instinktiv die Hand zum Herzen, das laut klopfte.

»Der Herr sagt, Sie erwarten ihn.«

»Gewiss – das tue ich auch – aber so plötzlich …«

»Soll ich ihn fortschicken?«

»Nein!«

»Soll er hinaufkommen?«

»Nein.«

»Unten warten also.«

»Aber nein! Was denken Sie? Wo ich doch seinetwegen – – sagen Sie ihm, er soll – er möchte – aber ganz langsam – hinaufkommen – oder –«

Der Portier hatte angehängt.

»Ich schäm mich tot! – Und wie ich aussehe! – Er hätte doch wenigstens eine Stunde vorher – er wird so schon denken: was für eine verrückte Person!« – Sie betrachtete Pina, die nach ihrer Umkleidung wie ein Cowboy auf einem Maskenfest im Norden Berlins aussah und rief:

»So wird er sich vorstellen, dass ich aussehe! Ich habe eine Idee! Sie spielen Djojo! Sie sind die Tochter des Bananenkönigs! Reden wenig und fallen nicht aus der Rolle, solange ich Ihre Zofe bin.« – Pina suchte zu widersprechen, aber Djojo blieb dabei:

»Sie haben die Wahl, dass ich Sie der Polizei ausliefere oder mir zuliebe Djojo zu sein. Was ist Ihnen lieber?«

»Ich weiß schon gar nicht mehr.«

»Sie bekommen von mir, was Sie wollen, wenn Sie Ihre Rolle gut durchspielen.«

Es klopfte – und herein traten der verwandelte Curt mit einem großen Strauß roter Rosen in der einen und dem Rackett in der andern Hand. – Und hinter ihm – in einem Abstand von etwa drei Schritt – Harry mit gescheiteltem Haar, goldner Brille, knappem Gehrock und in den Knien ausgebeulten Hosen, die viel zu lang waren.

Pina stand in der Mitte des Zimmers, während Djojo zur Seite getreten war – sodass kein Zweifel darüber entstehen konnte – wer hier Herrin, wer Dienerin war.

Sekundenlang standen sie sich gegenüber – und es geschah äußerlich nichts. – Der Baron war von dem Eindruck, den die vermeintliche Djojo auf ihn machte, überwältigt. – Sie sieht meiner Pina ähnlich dachte er, ganz entfernt natürlich – aber sie ist noch tausendmal schöner. Pina dachte: Das ist der schöne Harry? Wo ist er schön? Er sieht meinem Curt auffallend ähnlich. Aber er ist tausendmal hässlicher als Curt.

Harry dachte: Genau so verrückt hab ich mir diese Djojo vorgestellt. Man riecht förmlich die Büffelherde – dabei war es der Geruch des Leders von Pinas hohen Stiefeln, der ihm in die Nase stieg.

Djojo dachte: Dieses Mannes wegen habe ich also eine Reise von Tausenden von Seemeilen gemacht. Zwar keine Spur von Ähnlichkeit mit dem Bilde, aber er gefällt mir.

Schließlich trat der Baron dicht an Pina heran, verbeugte sich, überreichte den Strauß und sagte:

»Willkommen in Berlin! Ich hoffe, Sie hatten eine gute Überfahrt.«

»Danke.«

»Ich höre, Sie sprechen deutsch.«

»Nicht viel.«

»Nun, man braucht auch nicht viel Worte, – es gibt ja andere Möglichkeiten, um sich zu verständigen.«

Pina starrte den Baron hilflos an. Wäre sie ihm auf der Straße begegnet – auch durch diesen veränderten Aufzug hätte sie sich nicht täuschen lassen – sie wäre auf ihn zugegangen und hätte gerufen: »Curt! Wie siehst du denn aus!« – Nun aber, wo sie mit sich selbst zu tun hatte, um nicht erkannt zu werden, achtete sie mehr auf sich als auf ihn und sagte:

»Bitte setzen Sie sich.«

»Vielen Dank! Sie gestatten, mein Sekretär.« – Sie setzten sich gegenüber, während Harry auf einem Stuhl in der Nähe der Tür Platz nahm – und schwiegen.

Nach einer Weile sagte der Baron.

»Es hat mich sehr gefreut, dass Sie meinetwegen – die weite Reise – ich hoffe, Sie sind nicht gar zu sehr enttäuscht von mir.«

»Nein! Nein! – überrascht bin ich.«

»Warum?«

»Weil Sie – einem Bekannten von mir – so ähnlich sehen.«

»Sie auch.«

»Sonderbar!«

»Darf ich fragen, wem?«

»Nein! Es ist auch gar kein Bekannter von mir – sondern von einer andern.«

»Gedenken Sie lange hier zu bleiben?«

»Ach ja – ich denke.«

»Es wird mir ein Vergnügen sein, Ihnen Berlin zu zeigen.«

»Ich bin lieber zu Haus.«

»Ich verstehe: die Witterung! Sie frieren.«

»Wieso?«

»Weil es bei Ihnen soviel heißer ist.«

»Woher wissen Sie das? Mama legt im Winter ...« – sie stutzte – »aber die Sonne wärmt in südlichen Gefilden« – sie machte eine Pause und genoss den Ausdruck, dann fuhr sie fort und sagte: »wohltuend.«

»Es muss schön sein, in einem Lande zu leben, in dem immer Sonne ist.«

»Teilweis.«

»Nun ja, Gegensätze haben auch etwas für sich.«

»Sie ziehen sich an.«

Der Baron glaubte, es sollte ein Witz sein und lachte – woraufhin Pina wiederum fürchtete, eine Dummheit gesagt zu haben und sich vornahm, noch zurückhaltender zu sein.

»Sie kommen aus der Wärme, ich aus der Kälte – also sollten wir uns anziehn«, sagte der Baron.

Jetzt lächelte Pina und erwiderte:

»Sie sind sehr höflich.«

»Ich hatte eine große Freude, als Ihr Telegramm kam.«

»So?«

»Aber jetzt, wo ich Sie kenne, freue ich mich noch mehr.«

»Es würde mich freuen, wenn Sie uns mal auf Sumatra besuchen würden.«

»Ich hoffe sehr, Miss Djojo« – er rückte seinen Stuhl näher an ihren heran – »dass Sie mir Gelegenheit dazu geben werden – und zwar recht bald – in einer bestimmten Eigenschaft mit Ihnen zusammen Ihre Heimat aufzusuchen.«

»Ich habe nichts dagegen.«

Der Baron schob seinen Stuhl noch weiter vor.

»Ich darf also hoffen?«

»Ich fürchte – wenn Sie mich genau kennen – dass Sie dann enttäuscht sein werden.«

»Ich darf es ja nun sagen: Ich hatte Sie mir ganz anders vorgestellt. Umso fröhlicher bin ich, dass Sie so ganz mein Typ sind. Mir ist, als wenn ich Ihnen schon mal im Leben begegnet wäre.«

»Sie schmeicheln.«

Der Baron hielt die Zeit für gekommen. Er schritt zum Angriff, glitt von dem Stuhl auf den Teppich, kniete vor Pina nieder, ergriff ihre Hand und sagte:

»Djojo!«

Harry und Djojo hatten mit wachsendem Erstaunen die Werbung des Barons und die Art, in der Pina darauf einging, verfolgt.

Während der Baron sich über Pinas Hand beugte, wandte Pina den Kopf zu Djojo, in der Erwartung, sie werde ihr ein Zeichen geben, wie sie sich benehmen solle. Das geschah denn auch. Djojo schüttelte energisch den Kopf, woraufhin Pina dem Baron die Hand entzog und sagte:

»Nicht doch!«

Der Baron erhob sich und erwiderte:

»Ich begreife. Aber ich durfte nach Ihrem Telegramm annehmen, dass dies Tempo Ihren Wünschen entspricht.«

Da Pina keine Antwort wusste, so sagte Djojo in englischer Sprache:

»Sie wollten den Herrn doch bitten, Ihnen seine Kunst als Tennismeister zu zeigen, Miss Djojo.«

»Richtig! Das hatte ich ganz vergessen.«

»Leider bin ich augenblicklich ganz außer Form.«

Djojo nahm ein Sportblatt vom Tisch und sagte:

»Vor acht Tagen haben Sie noch in Homburg den Ersten Preis gewonnen.«

»Und mir den Knöchel verletzt«, erwiderte der Baron und hob die Hand, die keinerlei Veränderung aufwies.

In diesem Augenblick klopfte es an der Tür.

»Wer ist da?«, rief Pina und erschrak.

»Kriminal«, war die Antwort.

Der Beamte, der zuvor die Komtess aufgesucht und verhaftet hatte, trat ein, verbeugte sich höflich vor Pina und sagte:

»Verzeihung! Sie sind heute früh aus Sumatra gekommen.«

Pina nickte.

»Darf ich Sie bitten, mir den Zweck Ihrer Reise zu nennen?«

Da Pina schwieg, so sagte der Baron:

»Meinetwegen.«

»Wer sind Sie?«

»Harry Sülstorff aus Hamburg.«

»Woher kennen Sie die Dame?«

»Wir haben uns soeben kennengelernt.«

»Sie sagten doch, sie sei Ihretwegen ...?«

»Auf ein Bild hin, auf das sie zufällig in einem Sportblatt gestoßen ist.«

Der Beamte schüttelte den Kopf und sagte:

»Sehr unglaubwürdig!« Dann wandte er sich wieder an Pina. »Woher kennen Sie die Gräfin Olga Tschochenska?«

Pina wankte in den Knien – Djojo gab ihr ein Zeichen – und sie sagte:

»Ich kenne sie nicht.«

»Wie kommt es denn, dass Sie sich bei Garis Sons auf sie berufen haben und auch im Hotel mit ihr in Verbindung zu treten suchten?«

Pina schwieg.

»Die Fäden der Verschwörung führen also nach Sumatra«, sagte er zu einem Kollegen, der nach ihm eingetreten und an der Tür stehen geblieben war. »Der Fall wird hochpolitisch. Wir müssen das Auswärtige Amt in Kenntnis setzen.« – Dann trat er dicht an Pina heran, betrachtete sie genau – sie bückte sich unwillkürlich unter seinen Blicken – griff mit einer geschickten Bewegung in ihr Haar, riss ihr die Perücke vom Kopf und sagte:

»Also!«

»Pina!«, rief der Baron. – Der Beamte wandte sich zu ihm um – trat auf ihn zu – wiederholte den Griff – und stand, in der linken Hand eine blonde, in der rechten eine rote Perücke, triumphierend da.

»Curt!«, rief Pina und sank auf einen Stuhl.

Harry und Djojo waren gleichzeitig vorgetreten, um den Fall aufzuklären. Da trafen sich abermals ihre Blicke – und ohne sich zu verständigen, schwiegen sie.

Der Beamte kostete seinen Triumph aus.

»Sie sind nicht erst seit heute in Berlin«, fuhr er Pina an.

Pina gab es zu.

»Sie sind an dem nächtlichen Aufruhr beteiligt.«

Abermals nickte Pina.

»Sie geben sich für die Tochter des Bananenhändlers Pika in der Lothringer Straße aus.«

»Ja, ja!«, sagte Pina.

Der Beamte hatte ein Zeitungsblatt aus der Tasche gezogen, dessen Titelseite das Gruppenbild von Albert, dem Amerikaner, der Komtess Olga, Pina und dem russischen Baron war. Er verglich das Bild, zeigte es Pina und fragte:

»Sie geben zu, Miss Olem, die hier abgebildete Person zu sein?«

»Ja.«

Er wandte sich an den Baron:

»Und Sie sind der als Kellner vermummte russische Baron Curt Dubois.«

Curt sah sich zu Harry um. Und da der keine Anstalten machte, eine Erklärung abzugeben, so sagte er:

»Ich bin es.«

»Ich erkläre Sie beide für verhaftet.«

Dann wandte er sich wieder an seine Kollegen und sagte:

»Bringen Sie den Baron über den hinteren Aufgang zum Auto, während ich mit Miss Olem und den anderen Beamten durch das Vestibül gehe.«

Pina ließ sich erhobenen Hauptes abführen. Dass sie Djojo, die Tochter des Bananenkönigs, sein sollte, empfand sie als Ehre. Und sie war entschlossen – mochte kommen, was wolle – diese Rolle bis zu Ende durchzuführen. Freiwillig würde sie sich jedenfalls nicht in Pina Jeff zurückverwandeln.

Der Baron dachte: Zu verlieren habe ich nichts. Je mehr ich mir aber diese Leute verpflichte, umso mehr Chance habe ich, etwas zu gewinnen. –

Einundzwanzigstes Kapitel.

Die Rührigkeit der Polizei ließ wirklich nichts zu wünschen übrig. Sie nahm Verhaftungen über Verhaftungen vor. Und wenn man bedenkt, dass nicht sie die Schuld an der langen Reihe von Verwicklungen trug, aus denen heraus Verdachtsmomente schwerwiegender Art sich ergaben und ein harmloser Vorgang zur politischen cause célèbre wurde – so wird man ihr weder einen Vorwurf machen, noch sie belächeln, sondern zugeben, dass sie handelte, wie eine Behörde ihrer Art, war sie auf dem Posten, handeln musste.

Oder ist es etwa an den Haaren herbeigezogen, wenn das Vollblut Dieferle bei seiner Jagd auf blondes Edelwild im Palais mit einem Gaste, der ihm seine Beute abzujagen suchte, in Streit geriet, in dessen Verlauf er außer ein Paar schallender Ohrfeigen einen kräftigen Biss in die Nase erhielt?

Wäre Dieferle von seiner blonden Umgebung etwas weniger erhitzt gewesen, hätte er nicht so stark dem Alkohol zugesprochen, also klareren Kopf und klareren

Blick gehabt, so wäre ihm vielleicht aufgefallen, dass sein Gegner ihm – wenn auch nicht im Frack als Grand-seigneur – so doch schon irgendwo einmal begegnet war. Er hätte ferner bemerkt, dass der Gegner ihm etwas in die Tasche schob, den Streit ziemlich unvermittelt und absichtlich vom Zaune brach und an der Stelle, an der er ihm eine schmerzhafte Verletzung beibrachte, selbst eine ziemlich frische Narbe trug.

Aber Dieferle stand so stark unter den vielen neuen Eindrücken, dass er von alledem nichts wahrnahm. Viel-leicht wäre ihm sonst auch nicht entgangen, mit wel-chem Eifer sein Gegner auf die Saalpolizei einredete, die gern jedes Aufsehen vermied und nur gezwungen zu Feststellungen schritt, die an die große Glocke kamen. Dieferle war schon wieder völlig den blonden Mädchen und dem Champagner hingegeben, als ein Beamter auf ihn zuschritt und ihn hinausbat. Er dachte gar nicht da-ran, ihm zu folgen. Er war bereit, zu zahlen, was man von ihm verlangte, aber um die Früchte des Abends, in Gestalt von einem Dutzend gutgewachsener Frauen, ließ er sich nur mit Gewalt bringen. Jedoch den Mädchen, die ihm zuredeten und versprachen, ihn zu begleiten, gelang es schließlich, ihn zu bestimmen, dass er dem Be-amten folgte.

Der Fremde, mit dem er sich geschlagen hatte, musste der Polizei wohl einen ganz bestimmten Wink gegeben haben. Anders ist es schwer zu verstehen, dass man ihm auf den Kopf zusagte:

»Sie sind ein Seeräuber, der auf der »Venezia« einem weiblichen Passagier Schmuck im Werte von mehreren Hunderttausend Mark gestohlen hat.«

Dieferle schrie vor Lachen.

»Ich habe mein Leben riskiert, um dem Strolch den Schmuck abzujagen.«

»Sie geben also zu, um den Raub zu wissen.«

»Da die Bestohlene Miss Djojo Olem ist und ich ihr Begleiter war ...«

»So! So! – Und das Signalement des Räubers? Ein Biss in der Nase?«

Dieferle hatte die ganze Zeit über seine Nase, die ihn schmerzte, mit einem Tuch bedeckt.

»Ich habe – ich bin – das stammt von vorhin.«

»Sonderbar! – Die Wunde ist tatsächlich wieder aufgegangen.«

Man untersuchte seine Taschen und zog den gestohlenen Pass des Pampers hervor, den man nach dem Signalement der italienischen Polizei bei dem Banditen vermutete.

»Überführt!«, sagte der Beamte. »In Ketten legen!«

»Miss Djojo wird mich identifizieren.«

»Auch das will ich Ihnen noch zugestehen – obgleich der Beweis lückenlos ist.«

Die als Miss Olem verhaftete Pina Jeff wurde Dieferle gegenübergestellt und erklärte, ihn nie gesehen zu haben. – Als der Beamte sagte:

»Dies ist der Mann, der Ihnen den Schmuck gestohlen hat«, erwiderte Pina, die von dem Raub gar nichts wusste:

»Gut, dass Sie ihn haben.«

Daraufhin wurde Dieferle abgeführt.

Zweiundzwanzigstes Kapitel.

Paul G. Olem hatte es schließlich aufgegeben, an diesem Abend noch Djojo zu finden. Er stieg in einem Hotel in der Bellevuestraße ab, badete, zog seinen Smoking an und aß in der Hotelbar. Er stand eben vor dem kalten Büffet, als der Mixer einen Herrn an der Bar auf ihn aufmerksam machte. Sie warfen einen Blick auf die Nachtausgabe und verständigten den Oberkellner, der den Direktor rief. Als der in die Bar kam, waren bereits die Augen sämtlicher Gäste auf Paul G. Olem gerichtet, der, ohne auf die Menschen zu achten, damit beschäftigt war, einen Hummer zu zerlegen.

Schließlich erhob sich an einem Ecktisch ein Herr im Frack, dem seine beiden Damen keine Ruhe ließen, trat, ein Sektglas in der Hand, etwa bis zu drei Schritt an den Tisch Paul G. Olems heran und rief in englischer Sprache:

»Kapitän Alfred Habel! Wir schätzen uns glücklich, in einem Raum mit Ihnen zu sitzen! Gestatten Sie, dass wir auf Ihr Wohl trinken! Der große Aviatiker und Amerikaner Kapitän Alfred Habel, er lebe hoch!«

Alle Gäste waren aufgesprungen und stimmten in das Hoch ein, während Paul G. Olem sich von seinem Hummer losriss, etwas verdutzt den Redner und die Leute ansah, schließlich aufstand und sich kurz verbeugte.

Damit war das Zwischenspiel aber nicht erledigt. Paul G. Olem fühlte sich unbehaglich und wollte eben unter

Verzicht auf sein Abendessen die Bar verlassen, als ein Dutzend Damen seinen Tisch umstellten und ihn um ein Autogramm baten. Paul G. Olem lehnte ab, wegen Müdigkeit – aus Prinzip – es half ihm nichts. Die Damen drängten – und dem Zwange folgend schrieb Paul G. Olem jetzt zwanzigmal den Namen des Kapitäns. Eine der Damen schlug vor, einen »Flugfonds Alfred Habel« zur Förderung der deutsch-amerikanischen Luftschiffverbindung zu gründen, nötigte ihren Mann an den Tisch Paul G. Olems heran und zeichnete tausend Mark. Innerhalb einer Viertelstunde waren unter Beteiligung der Gäste im großen Saal über vierzigtausend Mark gezeichnet.

»Gründen wir einen Klub!«, rief ein Herr.

Vergebens wehrte sich Paul G. Olem und ging in seiner Abwehr sogar so weit, zu erklären:

»Es ist mir bekannt, dass, wenn drei Deutsche zusammenkommen, sie einen Verein gründen. Ich bin Gegner jedes Zusammenschlusses von Menschen und ziehe es vor, für mich zu bleiben.«

Der Erfolg war, dass eine Dame auf einen Stuhl stieg und rief:

»Der Ehrenvorsitzende des Aeroklubs Habel, der Kapitän Alfred Habel, hurrah! hurrrahh!! hurrrahhh!!!«

Laute Rufe. – Die Kapelle, die vom Saal in die Bar übersiedelte, brachte einen Tusch aus. – Es bildete sich ein Klubkomitee. – Die Gründerliste wurde ausgelegt und gezeichnet.

Aber! – Ein zufällig im Saal speisender Sekretär der englischen Botschaft, der schon beim Anblick der in der

Nachtausgabe erschienenen Bilder den Kopf geschüttelt hatte, ging in die Bar, um den ihm gut bekannten Kapitän zu begrüßen. Als er statt des blassen, schlanken, eleganten Alfred Habel den breitschultrigen Paul G. Olem sah, schob er ein paar Damen und Herren unsanft zur Seite, ging auf ihn zu und rief ihm ins Gesicht:

»Herr, Sie sind ein Hochstapler, aber niemals der Kapitän Habel!«

Paul G. Olem sprang auf. – Tosender Lärm brach aus. Die um eine Sensation betrogenen Herren sahen sich blamiert – mehr noch die Damen. Sie fielen über Paul G. Olem her, der mit seinen breiten Schultern zum Ausgang drängte. Als er sich endlich bis zu der kleinen Treppe, die ins Vestibül führte, durchgekämpft hatte, standen da schon zwei Polizisten, die ihn am Arm nahmen und aufs Präsidium führten. Und der Wachthabende erklärte:

»Intellektuelle Urkundenfälschung, Urkundenfälschung und Betrug – und dringender Verdacht der Teilnahme an der Putschaffäre.«

Dreiundzwanzigstes Kapitel.

Inzwischen standen sich Djojo und Harry, vor deren Augen man soeben Pina und den russischen Baron Curt Dubois abgeführt hatte, gegenüber.

Harry war ein paar Schritte näher an Djojo herangetreten und fragte:

»In welchem Verhältnis stehen Sie zu dieser Dame?«

»Ich habe Grund, anzunehmen, dass Sie Ihnen bekannter ist als mir.«

»Mein Freund liebt sie – das ist alles, was ich von ihr weiß.«

»Sie sind also gar nicht sein Sekretär?«

»Nein.«

»Sein *politischer* Freund?«

»Auch nicht.«

»Ja, wer sind Sie denn?«

»Harry Sülstorff.«

»*Sie – sind – ?*«

Djojo war derart überrascht, dass Harry, mit ein wenig Instinkt begabt, auf den Gedanken hätte kommen müssen, dass die Frau, die ihm gegenüberstand, Djojo war. Jedoch daran gewöhnt, dass man ihn anstaunte, beschränkte er sich darauf, zu erwidern:

»Ja – der bin ich.«

»Und weshalb dieser Rollentausch?«

»Weil wir dachten, Djojo gegenüberzutreten.«

»Sie hatten Furcht vor ihr?«

»Wenn auch nicht das – aber ich wollte sie erst einmal sozusagen unverbindlich in Augenschein nehmen.«

»Nehmen Sie doch die Brille ab.«

»Richtig! Ich sehe ja aus wie eine Vogelscheuche – Sie gestatten?«

Harry nahm die Brille ab und ging vor den Spiegel.

»Aber bitte! – Machen Sie sich nur so schön, wie Sie können. Ich ziehe mich inzwischen in Djojos Schlafzimmer zurück.«

Harry richtete sich mit viel Eitelkeit her und bemerkte, in seinen eigenen Anblick versunken, gar nicht, dass Djojo, die nur schnell ihre Frisur verändert und sich einen kostbaren Shawl umgeworfen hatte, längst wieder an der Tür stand und ihm zuschaute. Da er sich noch immer nicht vom Spiegel losriss, so ging sie auf ihn zu, reichte ihm den Farbenstift, den Pina hatte liegen lassen, und sagte spöttisch:

»Vielleicht legen Sie noch ein bisschen Rot auf.«

Harry, der es für ernst nahm, wandte sich um und erwiderte gekränkt:

»Das habe ich nicht nötig.«

»Ich auch nicht«, erwiderte Djojo. »Der Stift gehört der schönen Pina.«

»Ein wirklich schönes Mädchen!« stimmte Harry zu. »Und viel zu schade für diesen russischen Baron.«

»Ich fand, er machte einen intelligenten Eindruck.«

»Gescheit ist er. Aber die russische Revolution hat ihn um sein Vermögen und seine Güter gebracht.«

»Wovon lebt er?«

»Er war – aber ich möchte ihn nicht kränken –«

»Er ist Politiker?«

»Nein! Er quält sich empor.«

»Als was?«

»Das ist es eben – er war zuletzt Kellner – und zwar in diesem Hotel.«

»Ich finde dabei nichts Beschämendes.«

Harry sah sie erstaunt an und sagte:

»Ja, Sie – als Zofe! – oder sind Sie etwa ...?«

»Was meinen Sie?«

»– gar keine Zofe?«

»Doch! Und zwar Djojos. Dies Fräulein Pina brachte Kleider, die Miss Olem bei Garis Sons gekauft hatte – und da man sie verfolgte und Miss Djojo vermutlich erst gegen Abend zurückkommt, so hat sie sich diesen kleinen Scherz erlaubt – der ihr leider nicht viel geholfen hat.«

»Ich bin überzeugt, sie ist unschuldig.«

»Sie sollten ihr helfen!«

»Ich habe gute Beziehungen zur Polizei – und wenn ich Zeit hätte – ich glaube, ich würde mich für sie verwenden.«

»Zu einer guten Tat sollte man sich Zeit *nehmen* – auch wenn es Mühe macht.«

»Wie lange bleibt Miss Djojo?«

»Sie interessieren sich für sie?«

»Sie interessiert sich für mich.«

»Richtig! Sie sprach von Ihrem Bild.«

»Seh ich ihm ähnlich?«

»Wem?«

»Mir! Dem Bild? – Glauben Sie; sie wird enttäuscht sein?«

»Sie ist es schon.«

»Wie?«

»Ich nehme es an – weil sie doch vermutlich alle Tennisplätze nach Ihnen absucht.«

»Ich muss sie finden.«

»Was wollen Sie von ihr?«

»Ich brauche sie. Mein Vater braucht sie! Der russische Baron braucht sie! Wir alle brauchen sie.«

»Ja, wozu brauchen Sie sie?«

»Ihres Geldes wegen.«

»Wie reizend!«

»Aber verraten Sie uns nicht.«

»Ich will Ihnen sogar helfen.«

»Sie wollen? – obgleich Sie Ihre ...« – er stutzte – »für eine Zofe sehen Sie sehr elegant aus.«

»Für eine gewöhnliche Zofe vielleicht. Aber nicht für die Djojos. Im Übrigen: Der Shawl gehört ihr. Sie ist sehr eitel und oberflächlich – ich glaube gar nicht, dass sie Ihnen gefallen wird. Diese Pina passt viel besser zu Ihnen.«

»Bestimmt! Ich hatte schon so eine Ahnung und habe deshalb auch den Baron vorgeschoben – vielleicht, dass diese Djojo auf ihn hineinfällt.«

»Das halte ich durchaus für möglich. Eher jedenfalls als auf Sie.«

»Aber nun, wo der Baron verhaftet ist ...«

»Sehr einfach! Wir müssen nicht nur Pina, wir müssen auch den Baron befreien.«

»Glauben Sie, dass er Djojo gefallen wird?«

»Wenn er hält, was der erste Eindruck versprach, ist es durchaus möglich.«

»Ich denke, *ich* bin ihr Typ.«

»Aus der Entfernung – noch dazu aus einer so ungeheuer großen – da wirkt alles ganz anders. Meist genügt dann ein Blick, und man sieht, dass man sich getäuscht hat.«

»Sehr freundlich sind Sie nicht.«

»Ich spreche von Djojo – nicht von mir.«

»Ihnen gefalle ich also?«

Er ging dicht an sie heran und streckte den Arm nach ihr aus.

»Aber!« wehrte sie ab. »Sie sind doch kein Kellner!«

»Wieso Kellner?«

»Dass Sie mit einer Zofe ...!«

Harry wich einen Schritt zurück und sagte:

»Ja – aber Pina – ist auch nur ein Mannequin.«

»Aus einem Mannequin kann eine Königin werden – aus einer Zofe niemals.«

»Eine Modekönigin.«

»Jedenfalls eine Berühmtheit.«

»Diese Pina hätte Aussichten, es zu werden.«

»Vorausgesetzt, dass man sie befreit. Gefängnis und schlechte Verpflegung machen eine Frau hässlich.«

»Ich verstehe gar nicht – Ihr Interesse.«

»Vielleicht, dass es dem – Kellner gilt. Ein Kellner und eine Zofe ...«

»Helfen Sie mir, so helfe ich Ihnen.«

»Was soll ich tun?«

»Dafür sorgen, dass Djojo einen von uns beiden heiratet.«

»Von uns beiden?«

»Mich oder den Baron.«

Djojo streckte ihm die Hand hin und sagte:

»Mein Wort darauf!«

»Haben Sie denn solchen Einfluss auf sie?«

»Sie tut, was ich will. Sie *muss* tun, was ich will – denn ich weiß etwas von ihr.«

»Was?«

»Das werde ich Ihnen zu allerletzt auf die Nase binden.« –

Das Telefon läutete.

Djojo nahm den Hörer ab, und es entwickelte sich folgendes Gespräch:

Djojo rief: »Hallo!« – Und als Antwort kam die Frage:

»Miss Olem?«

»Ja! – das heißt: nein.«

»Also doch! – Ich warne Sie, in diesem Hotel zu bleiben.«

»Weshalb?«

»Weil es polizeilich überwacht wird.«

»Ich habe von der Polizei nichts zu fürchten.«

»Aber ich.«

»Wer sind Sie?«

»Ein Gentleman, der Ihnen in wenigen Augenblicken seine Aufwartung machen wird.«

»Was wollen Sie von mir?«

»Das werden Sie erfahren, nachdem ich Sie verlassen habe. Bitte, bleiben Sie am Apparat! Sie werden gleich eine Ihnen bekannte Stimme vernehmen.«

»Sonderbar!«, sagte Djojo und horchte gespannt. Auf Harrys Frage, mit wem sie spräche, erwiderte sie: »Ich weiß es nicht – mit niemand – es soll einer kommen – aber er kommt nicht – ja, wie lange soll ich denn hier stehen und warten?«

»Sie warten ja noch keine zehn Sekunden«, erwiderte Harry. »Seien Sie doch nicht so ungeduldig.«

»Also gut, ich warte« – sie trat von einem Fuß auf den anderen – »ein Betrieb ist das in Europa – hallo! Ist dort jemand? – noch immer nicht!«

»Vielleicht ist es Miss Djojo, die Sie sprechen will.«

»Unsinn! – Wie? – Jetzt ist ein Geräusch – ja?«

Dieselbe Stimme von zuvor war im Apparat. Deutlich vernahm Djojo:

»Danke! – Bitte, hängen Sie an.«

»Was wollen Sie denn?«, rief Djojo. Aber es meldete sich niemand mehr. »Das ist doch unheimlich«, sagte sie, wartete noch eine Weile und hing dann an.

Gleich darauf klopfte es an die Tür.

»Herein!«, rief Djojo und vermutete sofort einen Zusammenhang mit dem Telefongespräch.

Ein älterer untersetzter Herr trat ein und rang nach Atem.

»Papa!«, rief Harry. »Was suchst du hier?«

»Ich bin Max Sülstorff aus Hamburg«, erwiderte der zu Djojo gewandt. »Verzeihen Sie den Überfall – noch dazu zu so später Stunde. Aber ich wollte meinem Sohn zuvorkommen. – Ich hoffe, er hat noch nicht um Sie angehalten.«

»Ich verstehe Sie gar nicht.«

»Er soll der Firma das Opfer nicht bringen. Lieber will ich ... Aber nun, wo ich Sie sehe, da scheint mir, es wäre vielleicht gar kein Opfer – im Gegenteil – ich für meine Person würde es jedenfalls für einen Vorzug halten ...«

»Was wollen Sie denn?«

»Um Ihre Hand bitten.«

»Sie sind verrückt!«

»Papa! Es ist ja die Zofe.«

Der Alte sank entsetzt auf einen Sessel und hauchte mehr, als er sprach:

»Ich – ziehe – meinen – Antrag – zurück.«

»Bin ich denn hier in einem Tollhaus?«, rief Djojo. »Verlassen Sie sofort das Zimmer!«

»Ja – aber!«, sagte Harry.

»Sie auch! – Ich will allein sein!«

»Dürften wir dann vielleicht – morgen?«, fragte der Alte.

»Nichts dürfen Sie! Ich will Sie nicht sehen!«

Sülstorff Vater und Sohn verbeugten sich und gingen hinaus. Djojo riss das Fenster auf und ging eilig in ihr Schlafzimmer. Die Tür zum Flur stand halb offen – der Toilettentisch war durchwühlt – ihr Ring mit der schwarzen Perle, das einzige Schmuckstück, das ihr geblieben war, fehlte.

Djojo schlug Lärm. Etagenkellner, Stubenmädchen, Boy, Direktor und Detektiv stürzten herbei. Djojo erzählte:

»Ein Herr am Telefon, der seinen Namen nicht nannte, von der Polizei sprach und mich zwang, am Apparat zu bleiben – und zu warten – der nach ein paar Minuten wiederkam und rief: »Danke! Bitte, hängen Sie an!« – Wieder ein paar Minuten, da klopfte es an die Tür. Ein unbekannter Herr erschien, stellte sich vor und hielt, ganz sinnlos und unvermittelt, um meine Hand an.«

»Plump und klar!«, rief der Detektiv und stürzte aus dem Zimmer. Hinter ihm her der Direktor, der Etagenkellner, das Zimmermädchen, der Boy.

Sülstorff, Vater und Sohn, wurden gestellt und verhaftet, als sie eben durch die Drehtür hinaus ins Freie wollten.

Der Kommissar, der sie im Präsidium in Empfang nahm, sagte zu dem Beamten:

»Sülstorff Söhne? Import von Bananen? Das ist mal wieder ein Beweis für die Umschichtung der Gesellschaft. So'ne Leute haben früher nicht geklaut.«

Vierundzwanzigstes Kapitel.

Der Polizeiassessor Falk von Stein, dem der Direktor der Kriminalabteilung Ia die Recherchen in der Putschaffäre übertragen hatte, erklärte bei Einlieferung der Hoteldiebe Sülstorff Vater und Sohn:

»Der Kreis ist geschlossen!«

Was er damit sagen wollte, verstand keiner von seinen Beamten. Und dieser Mangel an Verständnis schien sich auch auf ihren Gesichtern auszudrücken, denn er fuhr fort:

»Dieser Diebstahl ist nur fingiert, um vom Wesentlichen abzulenken. Sie suchten in den Hotelzimmern etwas ganz anderes – *was* sie suchten, wird die Untersuchung ergeben.«

Und er diktierte dem Schreiber die Anklageschrift zwecks Weiterleitung an den Herrn Ersten Staatsanwalt am Landgericht I. Sie begann folgendermaßen:

»In der Nacht vom 21. zum 22. April dieses Jahres bewegte sich von der Leipziger Straße aus ein Zug von mehreren Tausend Menschen in nördlicher Richtung zur Lothringer Straße, die unter Vorantritt einer Musikkapelle politische Lieder sangen und Hochrufe auf Moskau ausbrachten. Gegendemonstrationen von Straßenpassanten, die sich in ihren nationalen Gefühlen gekränkt sahen und die durchaus richtige Auffassung vertraten: die Straße gehöre dem Verkehr, nicht aber bolschewistischen Demonstrationszügen, wurden von den Teilnehmern des Zuges blutig unterdrückt. Das Ziel des Zuges war das Haus des angeblichen Obsthändlers Max Pika, vor dem die Demonstranten stürmisch in die Rufe ausbrachen:

»Bananen!«

Dies Wort, dessen Bedeutung zurzeit noch von Sprachsachverständigen nachgeprüft wird, kehrt im Folgenden ständig wieder. Zweifellos ist es eine Art geheimer Code und jeder Buchstabe bedeutet ein russisches Wort. An der Spitze des Zuges marschierten der Deutsch-Amerikaner Stein-Brück, die Russin Olga von Tschochenska, der russische Baron Curt Dubois und das Mannequin Pina Jeff, die angebliche Stieftochter des angeblichen Bananenhändlers Max Pika in der Lothringer Straße.

Die polizeilichen Ermittlungen haben ergeben, dass in den Räumen der Bananenhandlung von Pika nicht eine einzige Banane aufgefunden wurde, wohl aber unzählige leere Kisten mit den Firmen Max Sülstorff Söhne Hamburg und Paul G. Olem Sumatra. – Der Polizei ist es keinen Augenblick lang zweifelhaft, dass in diesen Kisten Dynamit und andere Explosivstoffe über Hamburg nach Berlin eingeschmuggelt wurden.

Sämtliche von den polizeilichen Organen verhafteten Personen sind dringend verdächtig, es unternommen zu haben, die Verfassung des Deutschen Reiches gewaltsam zu ändern. Der nächtliche Umzug ist als eine Handlung anzusprechen, durch welche das Vorhaben unmittelbar zur Ausführung gebracht werden sollte, also als ein Unternehmen nach § 82 des StGB.s, durch welches das Verbrechen des Hochverrats vollendet wird. Aber selbst wenn darin das vollendete Verbrechen des Hochverrats nicht erblickt werden sollte, so hätte § 83 des StGB.s Platz zu greifen, nach dem mit Zuchthaus nicht unter fünf Jahren bestraft wird, wenn mehrere die Ausführung eines hochverräterischen Unternehmens verabredet haben, ohne dass es zum Beginn einer nach § 82 strafbaren Handlung gekommen ist. – Die Verdächtigen und die Verdachtsmomente sind folgende:

1. Der Deutsch-Amerikaner Albert Stein-Brück wurde verhaftet in der Nacht vom 21. zum 22. April in dem Obstladen Max Pikas in der Lothringer Straße. Er, der im Hotel Adlon abgestiegen war, will sich mitten in der Nacht dorthin begeben haben, weil er plötzlich Appetit auf Bananen bekam. Bei dieser sinnlosen Begründung blieb er trotz mehrfacher Vorstellungen. Auf die weitere Merkwürdigkeit des Verkehrs mit einem Kellner und einem Mannequin aufmerksam gemacht, weiß er nur zu erwidern, dass er verkehren könne, mit wem er wolle. Als Grund für seine Reise nach Europa gibt er an, er habe seinen Freund, den amerikanischen Rekordflieger Habel, bei seiner Ankunft aus Asien in Berlin empfangen wollen. Die Gegenüberstellung mit dem Flieger ergab, dass dieser ihm völlig unbekannt war.

2. Die russische Gräfin Olga von Tschochenska wurde in der fraglichen Nacht ebenfalls in dem Obstladen angetroffen. Auch sie verweigert die Aussage und gibt als Grund für ihre Europareise an, dass der Polizeigefangene zu 1 sie mit dem Flieger habe verheiraten wollen. Als man ihr die Fotos des Mannequins Pina Jeff zeigte, verriet sie sich, indem sie rief: »Die gehört in den Obstladen.« – Auch sie verkehrt mit dem Kellner und dem Mannequin ihres Schneiders. Da diesem Verkehr erwiesenermaßen jede sexuelle Grundlage mangelt, kann er nur politischen Zwecken dienen.

3. Der angebliche Kellner Curt ist in Wahrheit der russische Baron Curt Dubois. In ihm glaubt die Polizei, den Kopf der Bande erblicken zu müssen. Er tritt bald als Kellner, bald als Modeanwalt auf, erscheint aber auch in anderen Maskierungen. So wurde er bei seiner Verhaf-

tung mit blonder Perücke in der Verkleidung des bekannten Tennismeisters Harry Sülstorff angetroffen. Er gibt als Grund für alle diese nur zu durchsichtigen Manöver die – *Bananenknappheit* und den schlechten Geschäftsgang seines präsumtiven Schwiegervaters Max Pika an, dessen Stieftochter Pina Jeff, Mannequin von Garis Sons (die auch bei den Polizeigefangenen zu 1 und 2 eine Rolle spielt) laut polizeilicher Forschung zwar polizeilich angemeldet ist, in *Wirklichkeit aber gar nicht existiert.*

4. Denn diese vermeintliche Pina Jeff ist in Wirklichkeit niemand anders als die Tochter des Bananenkönigs auf Sumatra Paul G. Olem. Damit erklärt sich auch ihr Verkehr mit den Polizeigefangenen zu 1 und 2, mit denen sie politisch konspirierte, während sie nach außen, um harmlos zu erscheinen und sich der Verfolgung zu entziehen, als Stieftochter des zweifellos bestochenen Obsthändlers Max Pikas auftrat. Sie führte ein Doppelleben. Und als sie ihre Rolle als Mannequin ausgespielt hatte und wusste, dass sie von der Polizei aufgrund der Ereignisse der fraglichen Nacht als Stieftochter Pikas gesucht wurde, verwandelte sie sich in Miss Djojo Olem zurück, als die sie unter der Angabe, soeben aus Sumatra zugereist zu sein, in dem Hotel Adlon Quartier nahm. Als solche war sie unvorsichtig genug, sich bei Garis Sons auf die Gräfin Tschochenska zu beziehen. Ihrer Verhaftung im Hotel nach erfolgter Demaskierung setzte sie keinerlei Widerstand entgegen.

5. Zu den Verhafteten und dringend Verdächtigen gehört auch der Mechaniker des berühmten Rekordfliegers Kapitän Habel, der sich dadurch verdächtig machte,

dass er, unter dem Namen Paul G. Olem, im Hotel Adlon ein Appartement mit Salon und Bad bestellte. Eine Gegenüberstellung mit der Polizeigefangenen zu 4 ergab, dass die beiden sich überhaupt niemals gesehen hatten. Die noch nicht identifizierte Persönlichkeit dieses Polizeigefangenen gewinnt an Interesse durch den Polizeigefangenen zu 6.

6. Der Polizeigefangene zu 6 ist niemand anders als der am Vortage mit großer Begeisterung auf dem Tempelhofer Flugplatz empfangene Ostasienflieger, der sich für den Kapitän Alfred Habel ausgibt und als solcher am gestrigen Abend im Hotel Esplanade die Gründung und Finanzierung des Aeroclubs Habel vornahm. Ein Mitglied der englischen Botschaft, der sich zufällig im Hotel Esplanade befand, entlarvte den Betrüger und überantwortete ihn der Polizei. Durch Funkentelegrafie konnte einwandfrei festgestellt werden, dass Kapitän Habel tatsächlich mit seinem Mechaniker in Sumatra aufgestiegen und in Triest das letzte Mal gelandet ist. Er muss also zwischen Triest und Berlin eine Notlandung vorgenommen haben und dabei Verbrechern in die Hände gefallen sein, die den Kapitän und seinen Mechaniker beseitigten und den Flug nach Berlin fortsetzten. Da einer der beiden Verbrecher sich den Namen Paul G. Olem zulegte, nimmt die Polizei an, dass es Mitverschworene der Miss Djojo Olem sind, die infolgedessen auch als Mitwisserin an dem Doppelmorde infrage kommt. Die Strecke Triest–Berlin wird zurzeit nach den Leichen des Kapitäns und seines Mechanikers abgesucht.

7. In der Nacht von gestern zu heute gelang es, an einer Vergnügungsstätte im Zentrum der Stadt einen Malayen

festzunehmen, der sich durch große Geldausgaben und eine auffällige Nasenverletzung verdächtig machte. Er gab an, Dieferle zu heißen und der Begleiter Miss Olems zu sein, die bei einer Gegenüberstellung jedoch erklärte, ihn nie gesehen zu haben. Man fand bei ihm einen auf den Namen Pampers lautenden spanischen Pass, der seinem Inhaber vor drei Tagen bei der Landung des Flugzeuges Kapitän Habels in Triest gestohlen worden war. Die Annahme, dass er seine Hand bei dem Diebstahl des Flugzeuges und der Ermordung des Kapitäns und seines Mechanikers im Spiele hat, ist nicht von der Hand zu weisen.

8. und 9. Schließlich verhaftete die Polizei noch die beiden Hamburger Kaufleute Max und Harry Sülstorff, die sich bei der Zofe Miss Olems verdächtig machten und einen gemeinsamen Diebstahl ausführten, der von der Polizei jedoch nicht für ernst genommen, vielmehr als ein Ablenkungsmanöver angesehen wird. Die Polizei glaubt vielmehr, dass die mit dem Import von Bananen handelnden Sülstorffs mit den unter 1 bis 7 Genannten konspirieren, und dass ihr Besuch in dem Zimmer der inzwischen verhafteten Miss Olem den Zweck verfolgte, bei dieser belastendes Material beiseitezuschaffen. Der Diebstahl erfolgte auf raffinierteste Weise. Max Sülstorff ließ von außen, vermutlich von der Hotelhalle aus, eine telefonische Verbindung mit ihr herstellen und veranlasste sie, am Telefon zu warten, während er den Diebstahl ausführte. Sein Sohn Harry Sülstorff, der, gewiss nicht zufällig, zur gleichen Zeit in ihrem Zimmer war, unterstützte ihn dabei, indem er ihr zuredete, am Apparat zu bleiben.

10. Der Polizeigefangene Pika schließlich ist dringend verdächtig, den Polizeigefangenen 1 bis 9 seine Räume gegen Entgelt zur Verfügung gestellt und sich damit der Beihilfe schuldig gemacht zu haben.«

Der Erste Staatsanwalt am Landgericht I las den Bericht, belobigte den Polizeirat Falk von Stein für die scharfsinnigen Ermittlungen und ordnete die Überführung sämtlicher Polizeigefangenen in das Untersuchungsgefängnis an. Zuvor aber sei nochmals die Identität jedes Einzelnen festzustellen.

Fünfundzwanzigstes Kapitel.

In zehn Zellen nebeneinander saßen die zehn Polizeigefangenen und ahnten nicht, dass die so ungemein schlaue Polizei dank einer Trickvorrichtung zwischen je zwei Zellen immer einen Horchposten untergebracht hatte. Vorn an den Türen waren Plakate mit den Namen der Gefangenen.

Man las:

1	2	3	4	5
Seeräuber Name unbekannt	Albert Stein-Brück (U. S. A.)	Harry Sülstorff	Miss Olem	Ein russisch. Kellner an-gebl.Name Dubois
6	7	8	9	10
Komtess Olga Tscho-	Mechani-ker d.s.d. Na-	Unbekann-ter Verbrecher	Max Süls-torff	Pika

223

chenska	men Olem zu- gelegt hat	d.s.f. Kapi- tän Habel ausg.		

Anfangs gingen sie wie die wilden Tiere in ihrem Käfig umher. Je nach ihrem Temperament. Die einen nachdenklich, gemessen und mit gesenktem Kopf, die andern schnell, wütend und laut vor sich hinredend. Der an unabsehbare Wildnis gewöhnte Dieferle, bei dem Urinstinkte wieder erwachten, kletterte wie ein Affe an den Wänden seiner engen Zelle hoch, während der schöne Harry in aller Ruhe damit beschäftigt war, Frisur und Kleidung vor seinem Taschenspiegel, den er mit der Krawattennadel an der Wand befestigt hatte, in Ordnung zu halten. Olga tanzte nach einer Melodie, die ihr Nachbar zur Linken, Curt Dubois, vor sich hinpfiff, Charleston, während Albert, der Amerikaner, ein Geschäft auskalkulierte und die Wände seiner Zelle mit Zahlen beschrieb. Pina Jeff vertrieb sich die Zeit, indem sie Mannequin spielte, sich entkleidete und ihre Garderobe in den verschiedensten Variationen vorführte. Der Kapitän konstruierte mit Streichhölzern ein Luftschiff, das, kaum fertiggestellt, sich entzündete und ein Raub der Flammen wurde. Paul G. Olem vertrieb sich die Zeit damit, die Wände seiner Zelle mit Bananen zu bekritzeln, während sein Nachbar Max Sülstorff gymnastische Übungen machte und Max Pika nebenan sich damit beschäftigte, Fliegen und Ungeziefer zu fangen.

Am Ende des Flurs war der Beobachtungsposten des Gefängniswärters. Dank einer Vorrichtung konnte er von seinem Sitz aus jede Zellentür, aber auch sämtliche

Türen gleichzeitig öffnen. Ob es aus Langerweile geschah oder ein Trick war? Jedenfalls öffnete er, mit Nr. 10 beginnend, erst jede Zellentür einzeln, sodass man genau jeden einzelnen Gefangenen erkennen und beobachten konnte. Es war also mühelos festzustellen, dass in der Zelle mit der Aufschrift: »Unbekannter, der sich für Kapitän Habel ausgibt« – der alte Olem, in der Zelle des Mechanikers der Kapitän saß. »Ein russischer Kellner« war Curt Dubois, Miss Olems Zelle beherbergte Pina Jeff und in der Zelle des unbekannten Seeräubers tobte Dieferle.

Die Horchposten verzeichneten folgende Dialoge:

Zelle (stellt mittels Klopfens Verbindung mit Zelle 9 her)
8:    Wer sind Sie?

Zelle
9:    Ich unterhalte mich nicht mit Verbrechern.

Zelle Ich auch nicht. Falls Sie vor mir herauskommen,
8:    setzen Sie sich mit Max Sülstorff in Hamburg in
      Verbindung ...

Zelle
9:    (taumelt und ruft) Was?

Zelle Und sagen sie ihm, falls er meine Tochter Djojo
8:    findet und den niederländischen Gesandten veranlasst, für mich hier zu vermitteln, so liefere ich ihm
      ein Jahr lang meine Bananen mit 50 Prozent frei
      Hamburg Hafen. (Der Gefangene in Zelle 9 ist einer Ohnmacht nahe, zieht mit letzter Kraft sein Taschenmesser aus der Tasche, bohrt fiebernd ein
      Loch nach Zelle 8, zwängt die Hand hindurch und

ruft: »Ihr Wort!« – Der Unbekannte auf Zelle 8 schlägt ein. Der durch den Lärm aufmerksam gewordene Gefangene Pika auf Zelle 10 klopft bei 9 an und ruft: »Werden Sie umgebracht?« – Aber der Gefangene auf 9 läuft mit den Händen in den Taschen in der Zelle umher und ruft vergnügt: »Bananen zu 50 Prozent frei Hamburg Hafen!« – »Ich kaufe!« ruft der Gefangene auf Zelle 10 – und Nr. 9 erwidert: »Wer sind Sie?« – »Max Pika, Lothringer Straße.« – »Mein Kunde! Hier Sülstorff! Mensch, wenn ich heute noch hier raus komme, sind Ihnen Ihre sämtlichen Schulden erlassen.« – Der Gefangene auf Nr. 10 zieht sein Taschenmesser, bohrt wie verrückt in die Zellenwand und reicht Nr. 9 die Hand. Dann beginnt er verzückt einen Tanz in seiner Zelle aufzuführen. Die Gefangene auf Nr. 6 hat bei der Explosion des Luftschiffes aufgehört, zu tanzen und entsetzt gerufen: »Feuer!« – Nr. 7 beruhigt sie. Sie beginnen ein Gespräch, erklären sich – wie üblich – gegenseitig, dass sie ihre Verhaftung einem Irrtum verdanken. Nr. 7 fragt: »Wie sehen Sie aus?« – Nr. 6 erwidert: »Schlank, jung, rassig.« – Nr. 7: Gibt es denn keine Doppelzellen? Schaffen wir sie uns selbst. (Er schlägt mit seinem Taschenmesser eine Öffnung in die Wand zu 6 und schlüpft hindurch.)

Zelle 4:	(Zu Zelle 5) Bei der Musik kann kein Mensch vorführen! Pfeifen Sie Valencia!
Zelle 5:	Die Stimme kenne ich doch?

Zelle 3: (Zur Wand nach 4) Die Stimme kenne ich doch!

Zelle 5: (Ruft zu 4) Pina!

Zelle 3: (Ruft zu 4) Djojo!

Zelle 4: (Erwidert) Was Ihr wollt!

Zelle 5: Zwischen uns ist es aus!

Zelle 3: Ich liebe Sie!

Zelle 4: (Zu Zelle 3) Jetzt erkenne ich Ihre Stimme! Sie sind Harry!

Zelle 3: Werden Sie meine Frau!

Zelle 4: Ich bin nicht die, für die Sie mich halten.

Zelle 3: Ich liebe Sie gerade so, wie Sie sind!

Zelle 4: Schwören Sie!

Zelle 3: (Fällt vor ihrer Wand in die Knie, hebt die Hand, laut) Ich schwöre!

Zelle Ich bin Zeuge! Ich habe es durch zwei Wände hin-

5:     durch gehört.

Der Gefangene in Zelle 10 tanzt vor Vergnügen immer toller und singt dazu. Nr. 9 horcht – fängt an, mitzusummen und die Beine langsam zu bewegen, bis er schließlich auch tanzt. Das gleiche ereignet sich auf Zelle 8. Der Gefangene horcht erst nach 9, fängt an, sich zu bewegen, tanzt. Ebenso 8. – *Schließlich tanzen alle.* Nr. 3 und 4 und Nr. 6 und 7, die sich vereinigt haben, paarweise. –

Infolge des Lärms erschien der Polizeiassessor Falk von Stein und fragte den Wachtpolizisten, was der Radau zu bedeuten habe.

»Herr Assessor hatten befohlen, dass man die Strafgefangenen machen lässt, was sie wollen, und auch zulässt, dass sie sich miteinander in Verbindung setzen.«

»Das ist doch nicht gleichbedeutend mit der Verwandlung des Polizeigefängnisses in ein Ballhaus.«

In diesem Augenblick erschienen zwei Beamte mit Eimern und Essschalen:

»Auf halbe Ration die ganze Gesellschaft!«, befahl der Assessor. – Aber diese Strafe erwies sich als unwirksam – und vorteilhaft nur für die beiden Beamten. Denn die Gefangenen von Zelle eins bis Zelle zehn gossen – je nach ihrem Temperament – teils sanft, teils weniger sanft die flüssige Mahlzeit über die Wärter aus – die auf diese Weise mit der Hälfte davonkamen. Dann begannen sie, wieder zu tanzen, und zwar mit so großer Leidenschaft, dass sie es gar nicht bemerkten, als der Assessor gleichzeitig sämtliche Türen öffnen ließ. Sie tanzten weiter, und Nr. 10, den der Assessor gewaltsam aus seiner Zelle zerrte, war so stark in Bewegung, dass er auch auf dem Flur noch eine Zeit lang die Bewegung fortsetzte, ehe er zum Stillstand kam. Und da er seinen Freudentanz mit den Worten:

»Bananen!«

begleitet hatte, so hatte sich dieser monotone Begleittext von Zelle zu Zelle fortgesetzt. Es war daher nur natürlich, wenn der Polizeiassessor den völlig atemlosen Pika jetzt, wo er endlich stillstand, fragte:

»Was bedeutet dieser Bananentanz?«

»Sumatra«, erwiderte Pika. – Und unter diesem Namen hat er sich dann später die Welt erobert. Niemals hat jemand erfahren, dass Pika sein Erfinder war, und dass er seine Entstehung einer unfreiwilligen Improvisation verdankt. Als er zum ersten Mal auf der Leinwand erschien, wurde er bejubelt. Und auf Jahre hinaus war »Sumatra« Trumpf. Nie zuvor hat ein Bewohner der Insel diesen Tanz getanzt oder auch nur gesehen. Europa importierte ihn nach den niederländisch-indischen Kolonien, und die Eingeborenen staunten.

Aber nicht nur Max Pika, auch die übrigen Polizeigefangenen tanzten, ohne sich dessen bewusst zu werden, aus ihren Zellen heraus und befanden sich plötzlich auf dem weiten Flur.

»Teufel ja!«, rief der Assessor, der selbst bereits anfing, sich im Rhythmus der Übrigen zu bewegen. – »Was fällt Ihnen ein? Scheren Sie sich in Ihre Zellen!«

Wie vom Schlage getroffen standen sie plötzlich still – in der Pose, die sie gerade einnahmen, als der Ruf des Beamten sie aus ihrem, durch Suggestion erzeugten

Tanz herausriss. Sie besannen sich, machten kehrt und strebten in ihre Zellen zurück. Dieferle, der sich mit dem Seeräuber nicht identifizieren wollte und zur Wehr setzte, wurde gewaltsam in seine Zelle gebracht.

Der Polizeiassessor aber sah mit diesem Gemeinschaftstanz den Beweis für die politische Geheimbündelei und Zusammengehörigkeit der Bande erbracht. –

Sechsundzwanzigstes Kapitel.

Und so wäre es am Ende zu einem politischen Skandalprozess, zu diplomatischen Verwicklungen und am Ende gar zu einem neuen Weltkrieg gekommen, wenn nicht einer gewesen wäre, der die Fäden von Anfang an in der Hand gehabt und die Zeit nunmehr für gekommen gehalten hätte, den Knoten, den er geknüpft hatte, zu durchschneiden.

Von den elf Figuren dieses Spiels erfreuten sich nur noch zwei der Freiheit. Eine davon war Djojo, der die Polizei bisher keine Aufmerksamkeit geschenkt hatte. Vermutlich hatte man sie nicht einmal für die Zofe Miss Olems, sondern für eine Hotelangestellte gehalten.

Dass Djojo sich in dem Hotel, in dem sie soeben nur durch einen Zufall der Verhaftung entgangen war, nicht wohl und sicher fühlte, ist begreiflich. Sie verließ es also, ohne zu bemerken, dass in der Mittelallee der Straße Unter den Linden ein Bandit in völlig abgerissener Kleidung stand, der den Hotelausgang beobachtete, als er sie herauskommen sah, lächelte und sich auf gleicher Höhe mit ihr auf der Mittelpromenade in der Richtung Tiergarten in Bewegung setzte.

Auf der Charlottenburger Chaussee zwischen Siegesallee und der großen Querallee sprach er sie an.

»Darf ich Ihnen meinen Schutz anbieten?«

Djojo blieb verdutzt stehen. So sprach kein Mann, der aussah wie der.

»Danke«, sagte sie. »Ich fürchte mich nicht.«

»Auch nicht vor mir?«

»Nein«, sagte sie und ging weiter.

Er blieb neben ihr.

»Man ist in den Straßen Berlins nicht so sicher wie in dem Urwald von Sumatra.«

Djojo blieb abermals stehen, sah ihn an und fragte erstaunt:

»Sie kennen mich?«

»Woraus schließen Sie das?«

»Weil Sie – weil ich …« – Sie zog vor, zu schweigen und weiterzugehen. Da er neben ihr blieb, so sagte sie nach einer Weile: »Ich möchte allein sein.«

»Sie sind allein!«, sagte er so bestimmt, dass sie fragte:

»Wie meinen Sie das?«

»Ein Mensch, wie ich zählt doch nicht.«

Djojo nahm ein Geldstück aus der Tasche und reichte es ihm.

Er lehnte ab, zog aus der Tasche einen Ring mit einer schwarzen Perle und sagte:

»Entschuldigen Sie die vorübergehende Entziehung. Es kam mir nicht auf den Ring an – er war nur Mittel zum Zweck. Der Zweck ist erreicht – bitte!«

»Mein Ring!«, rief sie, und er erwiderte:

»Nicht so laut! Hier gibt es Geheimpolizisten. Wenn die uns hören, verhaften sie Sie.«

»Mich?«

»Aber ja! Haben Sie noch immer nicht bemerkt, dass die Polizei stets die Falschen festnimmt?«

»Wer sind Sie?«

Der Bandit zog eine Taschenlaterne hervor, beleuchtete sein Gesicht und sagte:

»Bitte, beachten Sie meine Nase.«

»Der Biss! –Sie sind ...«

»Die Zigeunerin der »Venezia«.«

Da sie um Hilfe rufen wollte, so hielt er ihr die Hand vor den Mund und sagte:

»Nicht doch! Wenn die Polizei uns sieht, glaubt sie, ich gehöre zu Ihnen und verhaftet uns beide.«

»Sie Bandit! Sie sind an allem schuld.«

»Stimmt! Ihr Instinkt ist verblüffend. Auf logischem Wege hätten Sie nie darauf kommen können.«

»Was haben Sie mit meinem Schmuck gemacht?«

»Alles das will ich Ihnen in Ruhe erzählen, wenn Sie mich in meinem Hotel aufsuchen.«

»Sie wohnen in einem Hotel?«

Ein Pärchen kam vorbei – ohne auf sie zu achten. Djojo stürzte auf die beiden zu und rief:

»Helfen Sie mir, den Mann verhaften!« – und im selben Augenblick rief sie laut: »Hilfe!!«

»Sie sind wahnsinnig!«, rief der Bandit und lief längs des Reitweges davon. Djojo hinter ihm her. – Auf das Rufen hin kam aus dem Tiergarten eine Polizeistreife und verhaftete das Liebespaar.

In der Nähe des großen Sterns versperrte der Bandit einem Auto den Weg, sodass der Chauffeur gezwungen war, langsam zu fahren. Aber noch bevor er hielt, schwang er sich auf den Führersitz, versetzte dem Chauffeur einen Kinnhaken, schob den Bewusstlosen zur Seite und fuhr mit ihm davon.

– Djojo lief ein paar Schritte hinter ihm her. Als sie die Aussichtslosigkeit sah, ihn zu erreichen, schwang auch sie sich auf ein fahrendes Auto, redete auf den Chauffeur ein und zwang ihn mit vorgehaltenem Revolver, dem Auto des Banditen zu folgen. Die Charlottenburger Chaussee herunter, durch das Brandenburger Tor und die Linden entlang ging die Jagd, über den Schlossplatz in die Königstraße hinein. Die Entfernung der beiden Wagen verringerte sich – schon schien es, als würde Djojos Wagen den des Banditen überholen – jetzt waren sie auf gleicher Höhe – Djojo beugte sich hinaus, – wollte den Sprung auf das andere Auto wagen – da gab es einen Knall – ihr Chauffeur stoppte – der Wagen stand.

Djojo war abgesprungen und lief aussichtslos wieder hinter dem Wagen her. An der nächsten Ecke hielt ein Dogcart, in dem eine Dame saß, die Zeitung las. Djojo spannte mit ein paar geschickten Griffen das Pferd aus den Deichseln, schwang sich auf den Rücken des Pferdes und galoppierte hinter dem Auto her, während die Dame in ihrem pferdelosen Dogcart ahnungslos über ihrer Zeitung saß.

Der große Verkehr am Bahnhof Alexanderplatz brachte das Auto und die Reiterin einander wieder näher. Mit einem Vorsprung von kaum zehn Pferdelängen verschwand das Auto in dem Torweg eines großen Gebäudes. – Djojo folgte im Renngalopp. Sie befand sich plötzlich auf einem Riesenhof, auf dem Dutzende von Autos standen. Sie versuchte, sich zu orientieren, sah noch, wie der Bandit am Ende des Hofes eine breite Treppe hinaufstürmte, wollte eben nachjagen, als ein Polizist ihr in die Zügel fiel und fragte:

»Was suchen Sie hier?«

Djojo wies auf die Treppe und erwiderte:

»Den Banditen, der da eben ...«

»Sie scheinen nicht zu wissen, wo Sie sich befinden.«

»Wo denn?«, fragte Djojo und der Beamte erwiderte:

»Auf dem Polizeipräsidium.«

Djojo fühlte ein Schwindelgefühl und fürchtete, vom Pferd zu fallen. – Der Polizist besah sich das Pferd genau:

»Ohne Sattel«, sagte er. »Und statt der Zügel eine Leine. – Das Pferd haben Sie gestohlen!«

»Ich habe doch nur diesen Banditen ...«

»Steigen Sie ab! Sie sind verhaftet!«

Siebenundzwanzigstes Kapitel.

Zwanzig Minuten später ließ sich bei dem Polizeiassessor Falk von Stein ein Herr melden, der seine Karte sonderbarerweise nicht offen, sondern in einem Briefumschlag abgab. Er sah aber so vornehm aus und trat so bestimmt auf, dass der Polizeidiener eine dem Assessor übergeordnete Stelle in ihm vermutete und, die Hände an der Hosennaht, mit dem Brief in das Zimmer seines Chefs ging.

Als der die Karte aus dem Umschlag genommen und gelesen hatte, sprang er auf und rief erregt:

»Wie? – Er selbst?«

Der Polizeidiener drückte die Knie noch strammer durch und sagte:

»In höchst eigener Persönlichkeit.«

»Wer ist mit ihm?«

»Ein Paket.«

»Was?«

»Ich wollte sagen, der Herr haben ein Paket unterm Arm, das mir einen sehr verdächtigen Eindruck macht.«

»Sie sind blödsinnig! Wissen Sie, wer der Herr ist: Jan Ning-Holl! Der berühmteste Detektiv der Welt!«

»Beamter?«

»Nein.«

Der Polizeidiener zog etwas verächtlich die Schultern in die Höhe. Als er aber hörte, dass das jährliche Einkommen dieses Mannes auf zwei Millionen Dollar geschätzt werde, nickte er mit dem Kopf und meinte:

»Na, so'n Mann kann dann ja auf die Pension verzichten.«

Jan Ning-Holl wurde sofort vorgelassen, und es entwickelte sich folgendes Gespräch:

»Ich habe mir immer einmal gewünscht«, begann der Assessor, »Sie persönlich kennenzulernen.«

»Und ich freue mich, Ihnen gleich bei unserer ersten Begegnung dienlich sein zu können. Sie sind einem bolschewistischen Putschversuch auf der Spur.«

»Ich schmeichle mir.«

»Leider ist die Spur falsch.«

»Ich habe untrügliche Beweise.«

»Die habe *ich*. Und da ich in Europa nicht auf Erfolge aus bin, einem jungen Beamten aber gern die Karriere erleichtere ...«

»Sie kennen mich?«, fragte der Assessor geschmeichelt.

»Ich beobachte Sie, kenne jede Ihrer Amtshandlungen in dieser Putsch- oder nennen wir sie lieber Bananenaffäre.«

»Sie sind demnach auch der Bedeutung des Wortes Bananen auf die Spur gekommen?«

»Eine gurkenähnliche, drei- bis sechskantige, etwa in zwanzig Arten im tropischen Asien, auf den Inseln des Stillen Meeres, in Australien und Afrika ...«

Der Assessor wurde unruhig, aber Jan Ning-Holl fuhr fort:

»... heimische Frucht.«

»Das weiß ich. Das weiß jedes Kind. Aber im übertragenen Sinne, als Deckname, was bedeutet es da?«

»Kommt für diesen Fall gar nicht infrage, da die von Ihnen verhafteten Sülstorff und Paul G. Olem nicht verschleierte, sondern der ganzen Welt bekannte Bananen-leute sind.«

Der Assessor machte ein nachdenkliches Gesicht, wehr-te sich aber und sagte:

»Sülstorffs sind vorläufig nur des Diebstahls verdäch-tig.«

»Herr Kollege! Ein Kaufmann vom Range Max Süls-torffs schleicht sich nicht in das Hotelzimmer einer Da-me, um zu stehlen. Dass er hingegen Miss Olem, der Tochter seines bedeutendsten Geschäftsfreundes einen Besuch abstattet, ist selbstverständlich.«

»Wer ist dann Ihrer Ansicht nach der Dieb?«

»Eben dieser Groß-Verbrecher, der alle diese Leute, die sie festsetzten, für seine Zwecke benutzte, ohne dass sie selbst es merkten.«

»Und dieser Groß-Verbrecher – *wo ist der?*«

»Ich liefere ihn Ihnen aus.« – Er wies auf das Paket, das er immer noch unter dem Arm hielt und sagte: »Ich bin ihm direkt auf den Fersen, ganz dicht.«

»Nicht möglich!«, rief der Assessor überrascht.

»Bitte, führen Sie mich zu Ihren Gefangenen!« – Und als sie auf dem weiten Flur waren, auf dem die Zellen lagen, sagte er: »Lassen Sie mir bitte Mister Paul G. O-lem vorführen!«

»Sie nannten schon vorhin seinen Namen. Ja, wenn der da wäre, hätte ich mir auch gesagt, meine Spur ist falsch.«

»Er ist da!«

»Ein Flugzeugmechaniker, der sich den Namen zuge-legt hat.«

»Darf ich ihn sehen?«

»Bitte!«

Er ließ die Zellen 7 und 4 öffnen. Die Gefangenen Kapi-tän Habel und Pina Jeff traten heraus – und kannten sich nicht. – Der Assessor strahlte. Aber Jan Ning-Holl streckte der Nr. 7 die Hand hin und sagte:

»Herr Kapitän Habel! Ja, wie kommen denn Sie hier-her?«

»Holl!«, rief der Kapitän, froh, endlich identifiziert zu werden. Er wies auf den Assessor und sagte wütend:

»Das fragen Sie den Herrn da. Der wird es zu verant-worten haben.«

»Aber ...« – stotterte der Assessor und wies auf Pina. »Fräulein Djojo Olem . . .«

»Was?«, riefen beide. »Das soll Miss Olem sein?«

»Lassen Sie die Dame durch Nr. 10 identifizieren«, sag-te Holl.

Und als der alte Pika aus der Zelle trat und sie sah, rief er laut:

»Pina!«

Die warf sich schluchzend an seinen Hals und sagte:

»Vater! Was hast du denn getan, dass sie dich verhaftet haben?«

»Das ist ja furchtbar!«, klagte der Assessor. »Wenn das wirklich seine Tochter – und nicht Miss Olem ist.«

Aber Holl schonte ihn nicht und sagte:

»Genau so unschuldig sind die Insassen aller anderen Zellen.«

Da kam dem Assessor ein Gedanke, den er für den rettenden hielt.

»Seeräuber! Name unbekannt!« rief er und wies auf Zelle 1. »Das ist er!«

Holl erwiderte lächelnd:

»Lassen wir ihn identifizieren.«

»Durch wen?«

»Durch Paul G. Olem und Miss Djojo.«

»Wo wollen Sie die hernehmen?«

»Bitte lassen Sie die junge Dame vorführen, die vor einer halben Stunde wegen Pferdediebstahls hier verhaftet worden ist.«

Es dauerte kaum zwei Minuten, da erschien, mit Handschellen versehen, Miss Djojo.

»Nie wieder Europa!«, schrie sie. »Wenn ich wieder frei bin, hetze ich sämtliche Schimpansen Sumatras auf diese Europäer, damit sie ihnen Kultur beibringen. Kein Wadai behandelt seine schwarze Frau wie ihr Europäer uns Weiße!«

Auf diese lärmend laut hervorgebrachten Worte hin, begann in Zelle 1 und 8 ein Toben. In Zelle 1 raste ein Wilder gegen die Tür, sprengte sie, rief:

»Miss Djojo!« stürzte auf sie zu und zerrte mit den Zähnen an ihren Fesseln.

Aber auch Nr. 8 sprengte die Tür. Der breitschultrige Paul G. Olem kam wie ein Raubtier aus seiner Zelle:

»Was geht hier vor?«

»Vater!«, rief Djojo, die Dieferle von ihren Fesseln befreit hatte, während Holl sich im Hintergrunde hielt und unauffällig Zelle nach Zelle öffnete.

Der Assessor hielt sich kaum noch auf den Beinen. Mit letzter Kraft fragte er – und wies auf Nr. 1:

»Und – wer – ist das?«

»Dieferle, mein Sekretär!«, erwiderte Paul G. Olem drohend – »den ich jetzt auf Sie hetzen werde.«

Da trat Jan Ning-Holl vor, legte die Hand auf den Alten und sagte:

»Lassen Sie das, Herr Paul G. Olem! Sie wissen nun, wie gefährlich so eine Reise ist – und wie leicht man in Europa mit den Behörden in Konflikt gerät.«

»Das ist doch der ...!«, riefen Djojo und Dieferle, während der alte Olem sagte:

»Holl, das haben Sie ...«

»... gut gemacht,« fiel er ihm ins Wort. – »Nicht wahr, das wollten Sie doch sagen?«

Paul G. Olem beherrschte sich. Auch Djojo und Dieferle schwiegen. Denn sie sahen, dass er der Herr der Situation war. Holl aber zog einen Ledersack hervor und überreichte ihn Miss Djojo.

»Ihr Schmuck, Miss Olem« – und zu dem Alten gewandt fuhr er fort: »Ich verzichte auf den Lohn. Aber, nicht wahr, für die Rückreise stellen Sie sich und Ihre Tochter unter meinen Schutz?«

»Für mein ganzes Leben«, erwiderte Paul G. Olem. – Dann trat er an seine Tochter heran und fragte: »Und du? Hast du auch die Wahl für dein Leben getroffen?«

Djojo wandte sich um. Der Kapitän stand neben Komtess Olga, der schöne Harry dicht neben Pina Jeff. Djojo ging auf den russischen Baron zu und sagte:

»Hätten Sie Lust, mit uns nach Sumatra zu gehen?«

»Gern!«, erwiderte Curt Dubois, wandte sich an Pina und fragte:

»Du hast ja wohl nichts dagegen?«

»Sie bleibt bei mir!«, erklärte Harry. »Und damit Max Sülstorff Söhne wieder rentabel werden, gebe ich den Sport auf und gehe in die Firma.«

»Ich weiß ein Mittel, das sicherer ist«, sagte der alte Paul G. Olem. »Wir legen unsere Geschäfte zusammen! Olem, Sülstorff & Co. Bananen. Export, Engros und Detail. – Das Co. sind Sie, Pika!«

Alle schienen von dem Ausgang befriedigt. Auch zwischen Komtess Olga und dem Kapitän schienen sich unter Befürwortung Alberts, des Amerikaners, freundschaftliche Beziehungen anzubahnen. Nur der Polizeiassessor schwankte noch.

»Ich bin Ihnen dankbar«, sagte er zu Jan Ning-Holl. »Aber die Aufklärung ist doch nur zum Teil erfolgt. *Wo ist der Verbrecher?*«

Alle stutzten.

Jan Ning-Holl aber wickelte das Paket aus und breitete den Inhalt über einen Kleiderständer, den er in die Mitte des Zimmers rückte. Der Bandit erstand von Neuem – und Holl sagte:

»Miss Djojo! Mister Dieferle! Denken Sie sich den passenden Kopf dazu. Wer ist das, der dort vor Ihnen steht?«

»Der Seeräuber! – Der Bandit!« – riefen beide und sahen dann merkwürdig lange den Kopf Jan Ning-Holls an – als wenn sie ihn sich von dem lebenden Körper fort und für Augenblicke auf den Kleiderständer hinauf dachten.

Holl aber wandte sich an den Assessor und sagte:

»Sie sehen! Die Verkleidung, in denen er alle seine Taten ausgeführt hat, ist bereits in meinen Händen.«

»Das genügt für meine Rehabilitierung«, erwiderte der Assessor, »auch wenn er Ihnen entwischen sollte.«

Die Gefangenen wurden entlassen – und die zehn Zellen standen wieder leer.

Ergebnis.

Dieser Film hatte bei seiner Uraufführung Erfolg. S. Rachitis hatte geschickt den Verfasser des Manuskripts verschwiegen und dafür gesorgt, dass man nach dem Abrollen des Filmbandes laut nach Johann Wolfgang Gerhart rief. Der Dichter, der in einer mit Blumen umkränzten Loge saß, stand auf und verbeugte sich. Und Rachitis und seine im Parkett verteilte Familie flüsterte geheimnisvoll: »Er ist der Dichter!«

Als »Johann-Wolfgang-Gerhart-Film« eroberte sich das Filmband die Welt. Denn da man glaubte, er war von

Gerhart, so suchte und fand man einen tiefen Sinn in ihm. »Der Dichter, der das Transzendentale in den deutschen Film trägt«, schrieb die Kritik. Und dicke Kommentare erschienen, die dem Rätsel Jan Ning-Holl nachgingen.